Oskar Panizza

Aus dem Tagebuch

eines Hundes

Das Verbrechen

in Tavistock-Square

Oskar Panizza: Aus dem Tagebuch eines Hundes / Das Verbrechen in Tavistock-Square

Aus dem Tagebuch eines Hundes:
  Erstdruck: Leipzig (Wilhelm Friedrich) [1892].
Das Verbrechen in Tavistock-Square:
  Erstdruck in: Modernes Leben. Ein Sammelbuch der Münchner
  Moderne, München (M. Poeßl) 1891.

Neuausgabe mit einer Biographie des Autors
Herausgegeben von Karl-Maria Guth
Berlin 2017

Der Text dieser Ausgabe folgt:
Oskar Panizza: Aus dem Tagebuch eines Hundes. Vorspann für den
Leser von M. Langbein und mit Zeichnungen von R. Hoberg, München:
Matthes & Seitz, 1977 [Faksimile der Erstausgabe: Leipzig: Wilhelm
Friedrich, [1892]].

Die Paginierung obiger Ausgabe wird hier als Marginalie zeilengenau
mitgeführt.

Umschlaggestaltung von Thomas Schultz-Overhage unter Verwendung
des Bildes: Jean-Léon Gérôme, Studie eines Hundes, um 1870

Gesetzt aus der Minion Pro, 11 pt

Verlag: Henricus - Edition Deutsche Klassik GmbH
Mörchinger Str. 33, 14169 Berlin, info@henricus-verlag.de
Druck: Libri Plureos GmbH, Friedensallee 273, 22763 Hamburg

Die Ausgaben der Sammlung Hofenberg basieren auf zuverlässigen
Textgrundlagen. Die Seitenkonkordanz zu anerkannten Studienausgaben
machen Hofenbergtexte auch in wissenschaftlichem Zusammenhang
zitierfähig.

ISBN 978-3-7437-0391-9

Bibliografische Information der Deutschen Nationalbibliothek

Die Deutsche Nationalbibliothek verzeichnet diese Publikation in der
Deutschen Nationalbibliografie; detaillierte bibliografische Daten sind
im Internet über www.dnb.de abrufbar.

Aus dem Tagebuch eines Hundes

Durch den Verstand des Hundes besteht die Welt.

Zendavesta

Der Hund ist ein Teil des Menschen selbst.

Brehm

Der Hund ist notwendig zum Bestande der Gesellschaft des Menschenvereins.

Cuvier

April.

Wurde heute an meinen neuen Herrn verkauft. Ich komme vom Lande. Seit gestern bin ich in der Stadt. Alles ist mir, neu und drängt sich in Form merkwürdiger Eindrücke auf. Ich kann sagen, seit gestern fühle ich, daß ich ein Hund bin. Ich denke. Früher that ich dies Alles unbewußt. Ich sehe, Denken ist eine Arbeit, die oft Schmerz bereitet. Was mich beunruhigt, ist, daß man sie nicht freiwillig verrichtet. Ich bin nicht mehr so glücklich wie früher, aber stolzer. – Daß die Menschen in kleinen Hüttchen beieinander wohnen, wußte ich aus meinem früheren Aufenthaltsort. Aber hier geht Alles ins Schauerliche, Steinerne, Unermeßliche. Ganze Aecker lang dehnen sich hier die Straßen, beiderseits mit wuchtigen, pfundigen Stein-Anlagen besetzt, die weit über die Baugeschicklichkeit des Dachses hinausgehen. Diese Stein-Anlagen sind mit Gucklöchern versehen, aus denen die Menschen oft blitzschnell den Kopf herausstrecken. Dabei kommt es vor, daß, während auf der einen Seite Einer einen Kopf herausstreckt, auf der andern Seite Jemand antwortet. Der Eine nimmt dann einen weißen Fetzen, und streckt ihn in kurzen, unbeholfenen Stößen zum *Vis-à-vis* hinüber. Die Person drüben steht erst lang steif und regungslos dort; dann hebt sich bei ihr die Oberlippe und die obere Reihe weißer Zähne wird sichtbar. Wozu? Was soll das dumme Zeug? – Wie die Häuser sind auch die Menschen hier von meinem früheren Aufenthaltsort sehr verschieden. Dort schlappte Alles ruhig gleichmäßig durcheinander, dieselben spitzen Gesichter, die gleiche meckernde Sprechmanier. Hier die entsetzlichsten Gegensätze; der Eine hüpft, der Andere scharrt; der Eine treibt das Hinterteil hinaus, der Andere die Brust nach vorn; Der wackelt, Jener zirpt; Dieser zeigt fortwährend Zunge und Zähne, Der dort stiert mit weißen Augäpfeln durch künstlich angeschnallte kleine Guck-Fensterchen. Welcher Wirrwarr! Welche unübersehbare Verschiedenheit! Anfangs wollte ich mich nicht drum kümmern. Doch seh ich, ich muß. Ich muß diese ganze Bagage registrieren, einteilen, schablonieren. Einteilung der Menschenbagage! Wo fang ich nur an? Wo find ich das Allen gemeinsame Moment, um daran die Veränderungen anzuschließen? – Ich glaub, ich fang beim Hinterteil an. 146

April.

Viel herumgelaufen; bin schrecklich müde; sehne mich nach meinem Dorf zurück; dort, welcher reiche Verkehr mit der Natur. Hier, welche Eintönigkeit, welche graue mit Steinmauern verschlossene Welt. Dort ein riesiger Himmel, der jeden Tag anders gezeichnet, Baum, Wald, Misthaufen für unsere Nasen, Muh, Muh! und Kikerikih! – Hier verbarrikadierte Welt und dazwischen Welt und dazwischen herumhüpfendes Menschengeschlecht mit Gesticulation und Mundknarren. – Ich weiß noch immer nicht, wie die Leute sich verständigen. Zwar nähern sie sich oft gegenseitig die Köpfe und entblößen die obere Zahnreihe, aber die Nasen scheinen mir zu kurz, um nach unserer Weise sich sofort zu orientieren. Dagegen entstürzen ihren Mündern ein ganzes Geknarr von Geräuschen, förmliche Mundsalven, denen fleißige Gesticulationen hinterdrein folgen. Aber zu einem Verständniß scheinen sie nicht zu gelangen, da das Gequatsch stundenlang dauert, heftiger wird, von Stampfen, Rücken, Stoßen und Zunge-Herausstrecken begleitet wird, bis Beide gehetzt mit dampfenden Mündern von einander scheiden. Armes Geschlecht, das du die Luft zerhackst und dein Gesicht verschneidest, um auszudrücken, was du willst. – Ich starre nur immer die Häuser an. In meinem Dörfchen, da schaute Niemand zum Fenster heraus, als höchstens einmal eine Henne im Hof; die armen Menschen saßen in der Stube, zogen die Beine an und zitterten und froren. Hier steckt Alles langmächtig die Hälse aus den zahllosen Gucklöchern heraus, und reißt die Augen auf, daß das Weiße erscheint. Warum? Sie sehen ja doch nichts weiter als Ihresgleichen: Hunde – ich wollte sagen: 147148

Menschen. Diese Gucklöcher spielen hier überhaupt eine ganz andere Rolle; sie gehen ganz hoch hinauf bis an und sogar über den Dachstuhl. Und überall sieht man in ihnen die bekannten abgeschabten, mehligen Gesichter. Wie mir scheint, wollen sie aus der Höhe über die umliegenden Häuser hinweg die Erde – Wiese, Bäume und Wälder – sehen; versperren aber dadurch ihrem *vis-à-vis* die Aussicht. Dieses, ärgerlich, ewig in die langweilige Straße hinabzuschauen, baut noch höher und versperrt nun seinerseits dem Anderen den Ausblick, bis dieser sich entschließt, auf's Neue zu bauen. Wo soll das hinaus? Hier, scheint mir, liegt eine einseitige Manier und Halsstarrigkeit vor, die bei uns Hunden nicht vorkommt. Ich gedenke später überhaupt auf die Neigung der Menschen zu sprechen zu kommen, sich in möglichst großen Massen zu vereinigen, dachsartige Baue von immenser Höhe und abgekehrten Wänden zu errichten und sich dann gegenseitig zu ärgern. – Ich bin heute zu müde. – Mein neuer Herr ist ein Mensch mit einem

149   Stock in der Hand, der oben einen weißen blitzenden Knopf besitzt. Er benützt diesen Stock als Fuß oder Regulierstange, um den Gang zu mäßigen. Jeden Nachmittag nimmt er mich mit in einen unermeßlich hohen, ringsum verschlossenen Raum, der mit einem merkwürdig riechenden Dampf angefüllt ist und in dem eine Unsumme von schilpenden, klirrenden, kichernden, klappernden Geräuschen hervorgebracht wird: eine Art Geräuschfabrik. – Traf dort auch einige meiner Kamera-

150   den, die die Sache schon gewöhnt schienen. –

April.

Mein Herr benutzt den Stock mit dem glänzenden Knopfe nicht als Fuß- oder Regulierstange, um den Gang zu mäßigen, sondern um mich durchzuhauen.

April.

Heute war ein schrecklicher Regentag, ein Gepatsch, ein Getransch, ein Gespritz, was sich Alles hier in der Stadt anders, ich möchte sagen, unnatürlicher ausnimmt, als an meinem früheren Aufenthaltsort. Dort, hört man, sickert die Erde mit Wollust die weißen Himmelsschnüre, die unendlichen, in sich ein; ein meilenweites Geräusch voll stunden- und tagelanger Trauer; eine grandiose Werkstätte. Hier zwischen den Steinquadraten, Türmen und Häusern mit undurchlässigem Boden platscht der Regen herunter wie eine künstliche Gosse, wie aus einem an Stricken über die Stadt hinübergezogenen Wolkenfeld, das nicht hierher gehört. Und die Menschen waten herum und begreifen nicht, wie die Schweinerei daherkommt. – Ich bin ein kleiner Hund, und als ich heut wieder stundenlang hinter den keuchenden Menschenzügen hintranschte, kam mir wieder die alte Versuchung, diese merkwürdige Race näher anzusehen, sie zu prüfen, sie im Hinblick auf den Hund zu studieren. Und ich will mich ausstopfen lassen, wenn ich heute, begünstigt durch den Regen, nicht eine merkwürdige Entdeckung, ein famoses Einteilungsprincip zu Stande gebracht: Ein Unterschied fiel mir schon lange auf bei dieser Hüpf- und Schlenker-Race, daß bei den Einen der Körper in zwei stocksteife, baumdicke Röhren oder Säulen endet, mit denen sie höchst gezwungen, mühsam schlenkernd und zuckend sich vorwärts bewegen; während bei den Andern der Unterkörper in eine kegelförmige Abstumpfung endet, die ihnen aber trotzdem gestattet, ähnlich wie dem Igel, genügend vorwärts zu kommen. Vielleicht giebt es in dieser ganzen Stadt-Comödie noch mehr Menschen-Variationen. Doch habe ich Alles bisher Gesehene auf diese zwei Haupttypen zurückführen können. Aber wie erstaunte ich heut, als ich – durch meine Kleinheit begünstigt – mitten unter dem Hin- und Hergetrapp bemerkte, daß auch die kegelförmig endenden Menschen unter diesem merkwürdig gewachsenen Fell ähnliche röhrenförmige – freilich wieder ganz anders geartete – aber doch bolzige, sich bewegende *Beine* haben. Und ich muß mich sehr täuschen, wenn die Zweiteilung des Körpers nicht sehr hoch hinauf geht. Welche Entdeckung! Welch merkwürdige Spielart hat hier die Natur hervorgebracht! Und was hat sie sich dabei gedacht? Also diese voluminösen, unten dick geschwollenen Exemplare haben unter dieser Schwellung Beine! Ich konnte dies heute, wo Einige diesen kolossalen, glockenförmigen Bein-Ueberzug etwas lüfteten, mit aller Schärfe entdecken. Und während also den Einen die Natur gestattet, ihre Beine zu zeigen (und weiß Gott was für schraubenförmige Bewegungen damit zu machen!), gab sie den Andern die Fähigkeit, selbe in eine Art Körper-Glocke (denn dieser Ueberzug ist teilweise hohl) zu verstecken! Also *Bein-Zeiger und Bein-Verstecker*! Diese beiden Species sind sicher. Mögen Medusen- und Tintenfisch-Endigungen noch bei dieser höchst variablen Race vorkommen (in anderen Städten), die ich noch nicht gesehen. – Diese zwei sind sicher. *Beinzeiger* und *Beinverstecker*. Welche Entdeckung! Und was wird noch nachkommen! Mir taumelt der Kopf! –

April.

Mein Herr ist ein *Beinzeiger*. Ein wunderlicher possierlicher Bursch. Ein selten bewegliches Exemplar. Durch die uns Hunden eingeimpfte Neigung immer einem Geruch nachzugehen – und durch die Not gezwungen einem Menschengeruch – sind wir unfreiwillige Zeugen aller der merkwürdigen Narrheiten dieser hinkenden, schlappenden Race. Die Tollheiten meines Herrn grenzen schon ans Fabelhafte. Zahn-Entblößungen scheint er mit Vorliebe anzuwenden, und damit etwas Bestimmtes ausdrücken zu wollen. Gehen wir zusammen spazieren, so schaut er alle drei bis vier Schritte nach mir um, macht ein zupfendes Geräusch mit dem Mund, tatschelt mir dann auf den Rücken und entblößt die obere Zahnreihe. Weiß der Himmel, was er damit will! Sein Kopf besteht aus zwei Teilen, von denen er die obere Hälfte häufig abnimmt, und mit einer starken Zahnentblößung gegen ein anderes Mitglied seiner Species wendet, welch letzteres aber keineswegs geneigt, diese Verrücktheit mitzumachen, oft nur eine kleine, rückende Bewegung an der entsprechenden Stelle macht, um anzudeuten, daß auch sein Kopf teilbar. Mir steht oft der Verstand still.

April.

War heut wieder in jener Geräusch-Fabrik, wohin mich mein Herr jeden Nachmittag mit auffallender Regelmäßigkeit mitnimmt, und wo die meisten Besucher der Wand entlang auf Sammtbänken dicht gepfercht nebeneinander hocken, und eine schwarze häßliche Brühe sich in den Leib gießen, daß das Maul dampft. Kaum ist dies geschehen, so beginnt eine grauenhafte Masse von Mundgeräuschen; ganze Mundsalven brechen hervor; trillernde, klingende, zirpende, krähende Laute folgen sich in unsagbarer Schnelligkeit aufeinander, gemischt mit Zahn-Entblößungen, Kopfschnellungen, Nacken-Verdrehungen, Brustheraustreibungen. Es scheint, daß hier alle jene Mund-Geräusche geübt werden, die später auf der Straße eine so bedeutsame Rolle spielen. Ein blauer Dunst, mit dem die ganze Geräusch-Fabrik erfüllt ist, und der artificiell erzeugt wird, erlaubt jeder Gruppe ihre gesonderte, von den nächsten Tischen nicht beobachtete Arbeit. – Worüber ich mir immer noch nicht klar bin, ist, ob dieses ganze tolle Zeug Verständigungs- oder Belustigungs-Versuche sind. Wenn es das Erstere ist, dann müssen diese Armen trotz aller Fertigkeiten ihrer Mundwerkzeuge enorme Schwierigkeiten zu überwältigen haben. Und ich kann es nur loben, was ich an anderen

Tischen in dem gleichen Local gesehen, wo einige Beinzeiger beieinandersitzend Jedes mehrere gefärbte rechteckige, mit lustigen Figuren bedeckte, Blättchen in der Hand hatte, welche sie mit großer Vehemenz auf die Tischplatte hinschnellen, dabei ihr *vis-à-vis* mit weißherausgetriebenen Augen-Kugeln anstarrend; diese stumme Arbeit geht so einige Zeit zu, bis ein kolossaler Mund-Triller die verzweiflungsvolle Arbeit beschließt, und das Verständniß, wie es scheint, gegenseitig glücklich erreicht ist. –

April.

Jeden Tag schaue ich mir genau die Menschen an, mit denen ich es für die nächste Zeit doch wahrscheinlich zu thun haben werde. Schließlich sind sie noch das Interessanteste, was einem hier aufstößt. Ueber was ich mich noch immer über alle Maaßen wundern muß, ist, daß ihnen, der durch ihre Häuser-Aufwürfe und Straßen-Ausschaufelungen scheinbar hochstehenden Species, die Begabung gegenseitiger Orientierung gänzlich abgeht. Ich meine die Möglichkeit, sich gegenseitig zu verstehen. Was soll dieses schreckliche Luft-Verpuffen in die Luft? Diese Zahn- und Schnalz-Geräusche? Diese vertrackten Gesticulationen? Welche mühselige Arbeit! – Sieht man zwei Hunden zu, die sich zufällig treffen und sich gegenseitig ausforschen, in wenigen Minuten ist Alles gethan. Wir wissen, er klagt über Frost, er hungert, er ist geschlagen worden, er hat eine weiche Seele, er ist trotzig, er ist mißtrauisch; der Hauch sagt uns Alles; seine Seele liegt offen vor unserer Nase. Nun betrachte man aber zwei Menschen! Ja, wer das nicht gesehen, dem werde ich kaum einen Begriff geben. Dieser Embarras! Dieser Aufwand von Geräuschen und Bewegungen! Meist, treffen sich zwei, nimmt der Eine ein Stück seines Kopfes ab, um es nach einiger Zeit wieder zu re- placieren. Der andere Theil beantwortet dies mit einigen kuriosen Zuckungen im mehlgelben Gesicht. Und nun geht es an. Da ihnen das feinste aller Orientirungs-Organe, die Nase, fast abgeht, – ein kleiner höckriger Vorsprung ist Alles, was sie davon besitzen, – so müssen sie zu Ersatz-Mitteln ihre Zuflucht nehmen. Zuckungen, Explosionen, Verrenkungen. Dies mitanzusehen, ist ein Schauspiel, wenn die Armseligkeit des Behelfs Einen nicht so traurig stimmen würde. Erst zwickt der Eine den Mund wie einen Knopf zu; der Andere, als Beantwortung, thut dasselbe, oder fügt noch einige mäckernde Falten rechts und links hinzu; darauf, wieder der Erste, reißt das Maul auf, daß man tief drinnen die roten Häute sieht; dann werden wieder die Zähne in ungeheuer kleinen Zwischenpausen aufeinandergeschlagen, und gleichzeitig ertönen aus der Tiefe schnurrende, pfeifende, schnatternde, flötende, piepsende Geräusche; reichliche Triller mithineingemischt. Wir bellen ja auch. Gut! Aber wenn wir bellen, wissen wir warum. Wir sind zornig, oder freudig, oder empfinden einen plötzlichen Schmerz. Und damit ist die Scala bald erschöpft. Aber diese Menschen-Species hat die variiertesten und modificiertesten Geräusche. Der Frosch, der Spatz, das Eichhorn, die Krähe, der Storch und der Wolf zusammengenommen könnten nicht die Summe jener Laute aufbringen, die die Menschen nötig haben, um sich zu fragen: Wie geht's? Hast Du Hunger? – Ja, ich frage mich oft, ob alle diese Quatsch- und Fistel-Laute etwas zu bedeuten haben; ob diese Race trotz des kolossalen Aufwands schließlich weiß, was der Andere selbst denkt, und was er von ihm denkt! – Da kollert oft der Eine von ihnen mit aufgeblähten Backen und vorgetriebenen Augen ganze Rationen von Lauten heraus, förmliche Explosionen, gegen seinen Partner; dieser, als Antwort, lehnt sich zurück, und prustet gegen den Himmel hinauf im höchsten Discant gehaltene und blitzschnell vorge-stoßene Laut-Triller, förmliche Salven, wobei er wohl die Hände kreuzweis über den Bauch legt. Fortwährend natürlich gehen nebenher reichliche Zuckungen, Gesticulationen, Schnalzlaute (auch durch die Nase). Schließlich nimmt der Eine wieder ein Stück vom Kopf ab, der Andere reckt das Hinterteil naus, – und dann trennen sie sich. – Ob die was von einander wissen? – Von der Beschaffenheit ihrer Seele? – Arme Species! –

April.
Eine merkwürdige Entdeckung gemacht! Abends schickt mich mein Herr immer mit einem Fußtritt unter's Bett. Damit ich seine Zaubereien und vermaledeiten Verwandlungskünste nicht entdecke, vermutlich. Aber wir sind schlau, vorsichtig und spürnasig. Nachts schlich ich vor. Es war so halbdunkel. Der Mond, unser gütiges Geschick, schaute von hoch oben herein. Was mußte ich sehen, oder vielmehr riechen! Auf dem Sofa lag, wie soll ich sagen, mein ausgeschlüpfter Herr; Beinrohre, zusammengeknickt; die Füße am Boden gestellt, anscheinend auch hohl, ohne Zusammenhang mit dem Uebrigen; Schultern und Taille und ein Teil des Kopfes auf dem Sofa zerstreut, verwurstelt, zerbrochen, ausge-laufen. Das Gesicht fehlte. Und im Bett? Ja, im Bett, vom Mond beleuch-

tet, lag die zergrinste Larve meines Herrn, aus einem kleinen weißen Haus herausschauend; gräulich; ich wußte gar nicht, welches mein Herr war; das zerknitterte Zeug am Sofa, oder das Käs-Gesicht im Bett. Können diese Kerle Zweiteilungen vornehmen? Wie die Schlangen? Welches unerhörte Geschlecht! –

April.

Heute furchtbar schlechtes Wetter; es regnete fast den ganzen Tag; ich und mein Herr transchten stundenlang in den Straßen herum; Eigentümlich, Regenwetter in der Stadt ist doch wieder ganz anders als auf dem Land. Dort, auf meinem kleinen Dörfchen, bleibt Alles zu Haus; die Fenster werden geschlossen; im Zimmer entwickelt sich jene dumpfe, feucht-schwangere Luft, in der ich mich so wohl fühlte, und nach der ich mich so oft zurücksehne. Hier im Gegenteil reißt man die Fenster auf; die Menschen laufen zahlreich in der Straße herum, und Alles friert und zittert wie ein Hund. Merkwürdig ist, daß diejenigen Menschen, die ich auf früheren Blättern als *Bein-Verstecker* bezeichnet habe, bei solchem Wetter einen Teil ihrer Beine zeigen, in dem sie die beweglichen, verschiebbaren Körperschichten in die Höhe heben. Und die Menschen, d.h. die eigentlichen Menschen, also diejenigen, die uns Hunden in besonderer Weise als Menschen imponieren, ich meine diejenigen, die vorzugsweise mit uns Hunden einen Contract eingehen, gegen eine miserable Kost ihnen auf Schritt und Tritt zu folgen, also die *Bein-Zeiger*, also Leute, wie mein Herr einer ist, laufen dann in ziemlicher Menge hinter den Beinversteckern drein; wie mir scheint, um die seltene Gelegenheit zu benutzen, sich über Lage und Form der versteckten Glieder Aufklärung zu verschaffen. Und was hier zum Vorscheint kommt, ist in der That bemerkenswert genug. Da giebt es ganz blaue Beine; rote und graue Beine; andere blendend weiß; wieder andere geringelt; in der Form meist zierlicher und variabler als die stockgeraden Beine der anderen Racen-Hälfte; kegel-, gurken-, spindel-, wurst-, kürbisförmig; gestrichelt, getüpfelt, gesprängelt, gefleckt. Mein Herr, mit Anderen seines Schlags, ist einer der Unermüdlichsten im Ausnützen solcher Gelegenheiten. Auffallend war mir, daß seine Miene, bei Ausübung solcher Pflicht, einen kalten, glasartigen Ausdruck annimmt. Jede Gesticulation schwindet. Ja, jedes Interesse für andere Dinge hat er dann verloren. Sogar für mich. So daß er mich oft verlor. Lief ich dann nach Hause, bekam ich später Hiebe, weil er den Vertrag

gebrochen hatte. – das Was soll aber Alles bedeuten? Ist das Ganze ein Witz? Oder ein Schauspiel? Eine gegenseitige Abmachung? Um mich zu ärgern, und mir Gelegenheit zum Nicht-Mehr-Nach-Hause-Kommen-Können, und somit zum Hieb-Erhalten zu geben? Was haben Regenwetter und Bein-Verstecker resp. Bein-Zeiger mit einander zu thun? Und warum stocken bei solchem Tripptrapp die Mund-Salven? Und cessieren die Gesticulationen? Lauter Fragen, für die ich mir keine plausible Antwort denken kann. Und ich muß sagen, diese Doppel-Race kommt mir als eine der tollsten unter den Tieren vor. – Eigentümlich bleibt, daß die Bein-Verstecker an jenen Teilen, die von den Blicken der Bein-Zeiger getroffen werden, die reichste, üppigste Entfaltung zeigen. Keine Schlange oder Eidechse dürfte sich mit diesem Farbenspiel messen können. Ziehen die glotzenden Glaskugeln der nachmarschirenden Bein-Zeiger etwa die Farben heraus? Ich meine, sind diese Farben dort drunten das Product des Glotzens? Weiter oben übrigens, ich meine, höher hinauf, kann ich fest versichern, nehmen die versteckten Beine eine meist eintönige, graulich oder gelbliche Farbe an. Einigemale traf ich rot. Und ferner: während der untere Teil der bei solchen Gelegenheiten von Seite der Bein-Verstecker sichtbaren Beine den oben geschilderten zierlichen Bau aufweist, wächst gegen oben hinauf zu, wie ich wiederum ausdrücklich versichern kann, Alles ins Dicke, Wulstige, Elefantenmäßige. Ich betone diese Verhältnisse um so mehr, als ich der Einzige sein dürfte, der durch seine kleine Statur in der Lage war, Kenntnisse über diese hochgelegenen und versteckten Dinge zu erlangen. Denn weder Bein-Zeiger noch Bein-Verstecker können darüber – wenigstens nicht mit dem Gesichtsinne – orientiert sein. Erstere nicht, weil ihr Körper zu hochgewachsen, und der Kopf mit den Augen sich doch oben befindet; letztere nicht, weil ihr eigener Körper die Krümmung nicht zuläßt, die nötig wäre, um das Auge so tief zu bringen. Ich kleiner Hund weiß also mehr, als diese Menschen-Bajazzos über sich und ihre Partners in der gespielten Comödie entfernt wissen können!
–

Mai.

Heute schöner, sonniger, warmer Tag. Wir gingen Alle hinaus vor die Stadt spazieren. Eine Menge Pferde, Wagen, Wägelchen – und noch kleinere Wägelchen, in denen kleine Menschlein lagen (über deren Herkunft ich absolut nichts weiß,) bedeckten die staubige Straße. Es

wurde bald sehr heiß. – Ein Mensch, der eine Menge klapperndes Metall 167
um seinen Körper hatte, gab mir einen Fußtritt, worauf eine explodierende Lachsalve antwortete. – Mein Herr schnitt eine Grimasse.

Mai.

Unsere Abhängigkeit vom Menschen – die unbezweifelbar – ist es wohl unangefochten, daß sie – was unsere Seite anlangt – nur aus dem Gemüt stammt? Daß wir bei keinem andern Tier, als dem Menschen, jenen innerlichen Zug gefunden haben, der uns – wenn auch nur auf einige Secunden im Tag und nach diversen Portionen tüchtiger Prügel – einige 168 Liebkosungen zu Teil werden läßt, der sie uns auf den Schooß nehmen heißt, um unsern Atem gegenseitig auszutauschen, und uns einige Laute zuzuraunen, die in die Kasse unseres Gäuzens und Knurrens gehören, und die wir vortrefflich verstehen? Kurz, jener mitleidige Zug, den der Mensch neben uns unter allen Tieren allein besitzt? – Ist dieses Verhältniß, dieses Gemütsverhältniß, aber wirklich unangefochten? Zu denken, daß die Menschen glauben könnten, wir hätten unsere Wälder verlassen, um ihnen die Hühner aufzusuchen, und uns das Nicht-in-die-Stuben-Pissen lehren zu lassen! Es wäre gräßlich, komisch, ungeheuerlich! Aber nach Allem, was ich bei dieser eitlen, ahnungslosen Race bisher bemerkt, durchaus glaubwürdig. 169

Mai.

Die ganze Menschheit riecht nach Stiefelwichs! Ich will nicht bestreiten, daß edlere Gerüche vorkommen, aber immer ein Gemisch mit dieser ranzigen Qualität. Seit den paar Monaten meines Stadt-Aufenthaltes sind wohl an die zehntausend Exemplare dieser Menschen-Race mir an der Nase vorübergegangen und es ist immer dieselbe Geschichte. Eigentümlich bleibt, daß dieser geistige Extract – schwer und plump wie er ist – sich aus dem ganzen Individuum in die Füße senkt, und dort, wie von einer Drüse ausgeschieden, als schwarzer Saft zu Tage tritt. Und wir ewig zwischen den Füßen der Menschen einherwandernden Hunde müssen mit unseren unendlich feinen Geruchsorganen diese pestilenzialischen Gerüche dort einatmen. Ist denn das der höchste Ausdruck Euerer Individualität, Beinzeiger und Beinverstecker, das Beste, was aus Euch herauskommt, unten Stiefelwichs, oben Mundsalven und Gesticulation?! 170

Wie sich die Zeiten ändern! Als ich vom Land in die Stadt kam, da herrschte die graue Zeit. Alles war neblig und verqualmt; eine ewig graue Decke hoch über uns; die Bäume spreißelnackt; fröstelnd und schnatternd liefen Hunde und Menschen durch die Straßen, jeder ein Stück Privat-Nebel vor dem Maul; die Häuschen alle verstopft und verschlossen. – Dann kam eine Zeit, die ich die blaue nennen will. Mit was für Zurüstungen, ich weiß nicht, wurden die grauen Vorhänge entfernt und über uns, über Häuser und Alle hinweg eine blaue Decke gespannt, und inmitten dieser Decke eine gelbe, glühende Kugel von intensiver Leuchtkraft befestigt. – O elende Comödie und dummes Theaterspiel! – Aber, wie es geht, mit der Zeit wurde die gelbe Kugel so intensiv, daß diese gescheidten Menschen genötigt waren, sich Special-Dächer, jeder Einzelne sein Special-Dach über seinem Haupte zu construiren, um nicht zu verbrennen. Und mit zugekniffenen, verschmitzten Mienen und nassem Antlitz setzen sie dann ihre Tripp-Trapp-Arbeit durch die grell beleuchteten, ausgedörrten Straßen fort, während wir Hunde mit heraushängender Zunge nebenher keuchen. – O, wenn ich Riesenfäuste hätte, ich möchte einmal die Mauern ihrer Häuser auseinander reißen, und diese Menschenclique, aufspüren, und zusehen, wie sie beieinander hocken, und neue Coulissen-Verschiebungen ausklügeln; und möchte ihren Kopf öffnen und hineinschauen, wo diese verflixt-neuen Gedanken wohnen; und möchte fragen, wo die Zipfel jener schönen, blauen Himmels-Decke – ich gestehe, schöne, blaue Himmels-Decke – angebunden sind; und wer das Drahtgestell erfunden, an dem die gelbe Scheibe täglich auf- und abgezogen wird! – Aber ich bin nur ein armer, kleiner Hund.

Eigentümlich ist, wie ich schon wiederholt angedeutet, das gegenseitige Benehmen der Menschen, wenn sie sich auf der Straße treffen; aber noch weit eigentümlicher, geheimnißvoller benehmen sie sich, wenn sie, von Hunden ungesehen, in einer ihrer Versammlungsstätten sich befinden und dort unbehindert ihren Gesticulationen und Lauterzeugungen sich hingeben können. – War ich da neulich mit meinem Herrn in einem großen geschlossenen, mit künstlichem Rauch erfüllten Raum, wo Angehörige beiderlei Racen-Typen, Beinzeiger und Beinverstecker, in zahlreichen Exemplaren vertreten, sich auf hohen, fast gefährlichen

Sitzen niedergelassen hatten, und mit ihren kuriosen und oft über die Maaßen verkünstelten Stellungen, durch Aufstützen des Oberkörpers auf platten, hoben Widerlagern, sich festhielten. – Mein Herr hatte mich auf einen der Sitze postiert, und ich konnte, vorsichtig balancierend, den ganzen Raum übersehen. – Wie ein dröhnender Wasserfall aus der Ferne schwirrten die gurgelnden Laut-Salven durch den Saal. Und Eichhörnchen gleich zuckte Grimasse hinüber und herüber. – Ich gebrauche den Vergleich nicht ohne Ueberlegung. Denn, da es bei dieser Race Sitte ist, daß der A., wenn ihm der B. eine Grimasse vormacht, diese zunächst wiederholt (warum? Ja, das weiß der Himmel), so ist es für den, der noch Erinnerungen aus dem Walde hat, gerade so, als wenn ein Eichhörnchen mit ausgestreckten Vieren dem Andern ins Gesicht gesprungen wäre. – Doch das war ja nichts wesentlich Neues. – Sorgfältig beobachtete ich die Köpfe und die blauen Glaskugeln darin. Mir fiel auf, daß bei gewissen Momenten Alle sich in gleicher Richtung bewegten. Ich dachte an Schnüre, die diese Schauspieler unsichtbar gezogen, wodurch sie sich gegenseitig verbunden, und nun Alles in gleicher Richtung folgen müsse. Bald entdeckte ich aber die Ursache dieser gemeinschaftlichen Augen-Bewegung. Am dritten Tisch, gerade vor mir, saß eine Person, ein Beinverstecker, die sich vor allen Andern durch ihr Aeußeres auszeichnete. Ihre Glaskugeln im Kopfe waren glänzend und feurig. Der Mund rot wie Cochenille. Um die Stirn hatte ihr die Natur einen Kranz feinster Haarschnüre gelegt, wie sie beim Pudel vorkommen. Und auf der Brust sprangen zwei weiße Kugeln hervor, nach unten halb verdeckt, die ich für zwei Tiere halte, weil sie sich fortwährend, separat, auf- und abbewegten, zwei Schmarotzer, weiße Igel od. dgl., die sich dort festsetzen und leben. – Diese Person war die Ursache der gleichgerichteten Bewegungen der Köpfe aller übrigen Menschen im Saal. Schaute sie nach rechts, folgten Köpfe und Blicke aller Uebrigen nach rechts; ebenso nach links, nach unten und oben. Ich gab mir Mühe, die Bindfäden zu entdecken, die ihre Augen mit den Augen der übrigen Beinzeiger und Beinverstecker verbänden, wodurch die ganze Sache mechanisch auf die einfachste Weise erklärt war; gab aber diese Idee auf, als ich sah, daß einzelne schnellfüßige schwarze Beinzeiger, die wie Hechte hin- und herschossen, geraubtes Fressen in den Händen davontragend, und nur hier und da einzelne Schnapplaute hervorstoßend, diese Augenverbindungen kreuzten, und die Schnüre hätten zerstören müssen. Auch hätten diese Bindfäden von den Augen der betreffenden attractiven Person durch ihren Kopf hindurch nach rückwärts gehen müssen zu den dort sitzenden Menschen, die mit nicht geringerer Halsstarrigkeit allen Bewegungen dieses Beinversteckers folgten. – Also keine Erklärung! Wieder ein Räthsel! Wieder Zauberei! – Aber was ist der Sinn des Ganzen? Lassen wir das Wie? Fragen wir nach dem Warum! Warum diese zwangsmäßige, stundenlange Tick-Tack-Mechanik bei einer Race, die doch in ihrer Geistesstufe dem Hunde ziemlich nahe steht? Wo ließen wir Hunde mit unserer unbeschränkten Willensfreiheit uns je Aehnliches gefallen? Ist diese Person, dieser Beinverstecker mit den zwei weißen Kugeln da vorne auf der Brust eine Art höheres Wesen? Liegt eine heilige Handlung vor? Wird der Person mit dem Cochenille-Mund durch diese pagodenartige Handlung Scheu und Verehrung erwiesen, wie einem überirdischen Idol? – Ich weiß wohl, wir Hunde kennen ein solches, wie soll ich sagen, über uns stehendes, überhündisches Wesen, dem wir Verehrung zollen; jene blaßgelbe Scheibe, die bei der Dunkelheit geheimnißvoll am Firmament über uns hinzieht. Oft zürnt sie uns und blickt uns mit

scheelem Seitengesicht an. Oft bleibt sie ganz aus. Und wochenlang warten wir zitternd und bebend. Wenn sie aber dann freundlich, rund und voll wie ein gelbes, fletschendes Bulldoggengesicht, uns wieder besucht, dann erheben wir unsere tiefsten, innigsten Dankeslaute zu ihrer Verehrung. – Aber darf man ähnliche, nicht auf der Erde liegende, über den grünen Bäumen und kalkigen Häusern erhabene, gleichsam zum Himmel hinaufsteigende, transscendete Empfindungen bei dieser

Bajazzo-Race voraussetzen?

Plötzlich, mit diesen Erwägungen noch beschäftigt, sah ich, stürzte ein Bein-Zeiger hervor, auf diese Person zu, riß ein Bein nach hinten, eins nach vorn, knaukte zusammen, und übergab ihr einen geköpften Rosenstrauch heftig grimassierend. Diese Person, das Idol mit dem Cochenille-Mund, entblößte die obere, blitzende Zahnreihe, steckte den abgehauenen Rosen-Kopf zwischen die zwei gelblichen Brust-Kugeln hinein, und mit einem »Aaaah!« schien sich der Zauber von all den pagodisierenden Menschen zu lösen. Jedes erhielt seine freie Bewegung

wieder. Der Gottesdienst war vorbei. –

Juli.

Aus dem letzten Monat finde ich beim Zusammenzählen: 12 Stockhiebe; 25 Fußtritte, 6 mal Prügel und Püffe mit der Faust oder Hand; 3 mal furchtbaren Durst leiden müssen; 1 mal steinharte, abgenagte Knochen; 35 mal »Ei di di di di di di das schöne Hunderl!« ca. 40 mal »A dä dä dä dä dä dä das schwarze Dackerl!«. Auf meiner Seite, der Leistungen, stehen: 120 Beleckungen; 370 Beriechungen; 500 Schweifwedeleien, und an die 699 Speichelleckereien. – Ein Jeder schlägt sich eben durch, wie er kann! –

178

Juli.

O Gemeinheit! O Niederträchtigkeit! O Schande und Kot! O Menschenknochen und Hundegestank! Mist und Morast, ihr seid erhabene Gerüche gegen die Menschenseele und ihre Evaporation, gegen die hundsgemeine, – was sag' ich! – menschengemeine Aufführung dieser Kolossal-Race! – So einen armen Hund zu täuschen! – Alles geht zu Grund! Alles geht in die Brüche! Alles ist umsonst geschrieben! Muß mein Tagebuch von Neuem anfangen! Alles ist falsch gesehen und berichtet! Meine kostbare Einteilung wahrscheinlich ganz für die Katz! Ich könnte mir die Augen ausreißen! So sich betrügen lassen!

Zur Sache: Ging gestern Abend mit meinem Herrn, wie so oft spazieren. Es fiel mir gleich auf, daß er sich an einen Bein-Verstecker herandrängte, und nun mit einemmal eigenartige Zischeleien begannen. Sonst näselt mein Herr Bein-Zeigern gegenüber in der aller-ekelhaftesten Weise. Hier hielt er sich auf einmal zurück. Dies kam mir sonderbar vor. Mein Herr schien bald jede Aufmerksamkeit für mich verloren zu haben. Dies merkt ein Hund bald. Ich beschloß, die Situation für mich auszunützen, und einmal einen Blick bis in die letzten Gemeinheiten, bis hinter die letzten Vorhänge dieser Schauspieler-Race zu thun. Der Blick war zu tief. Mein ganzes kostbares System, mit dem ich diese seltene Race zu umspannen meinte, ist zerbrochen und zerfetzt. – Meine beiden Objekte wandelten das Trottoir entlang. Die Luft war laulicht und aufgelockert. Unser Herr-Gott, der Mond, goß seinen gelben Speichel eimerweis über das verzückte Paar. Es muß selbst Ihm Spaß gemacht haben, der sonst skeptisch über die Dächer hinwandelt, und alte Handtücher beguckt. – Der gegenüberliegende Teil der Straße war kohlschwarz eingefrämt. Wir kamen bis an unser Thor. Neues Gezischel. Es wurde aufgemacht. Wir gingen die Stiege hinauf. Ich benutzte die Gelegenheit mich wieder einmal in das Schlafzimmer meines Herrn zu stehlen. Richtig, der Mond, der Allgegenwärtige, der Allmächtige, der Allwissende war auch schon da, und lachte mit vollen Backen ins

179

Zimmer. Diese Menschen scheinen keine Ahnung von dieser Beobachtung zu haben, keine Ehrfurcht vor unserem höchsten Wesen; sie thun, als ob er nicht da wäre; dies spricht mir für ihre unglaublich niedere Stellung in der Tierreihe. Also: in dieser Beleuchtung ging folgendes Unglaubliche vor. Der Bein-Verstecker, – ja dieser Bein-Verstecker, diese Person, was that sie? Sie fing an Schichte für Schichte ihres glockenförmig gebauten Körpers abzustreifen; aber nicht, wie der Schmetterling schöner, freier aus der Puppe herausschlüpft; oder, wie die Schlange goldiger, funkliger aus ihrer Haut herauskommt; sondern häßlicher, scheußlicher, stinkender; wie der Has' dort hängt, wenn ihm der schöne Balg abgezogen. Ein Stück nach dem andern flog fort oder wurde in die Ecke geschleudert. Und schließlich, nachdem diese unerhörte Operation unter Knicken und Knacken beendet, kam ein gelbglasiger, abgehobelter, scheußäliger Körper zum Vorschein, die Nuance haltend zwischen Käs und Mehl, schilfrig bei der Berührung, dampfend wie ein Kochkessel, riechend wie faule Eier, lautlos wie ein Gespenst hin- und herschwankend. Und kaum war dies geschehen, so begann auch mein Herr, der doch von Haus aus ein spindeldürrer Kerl ist, dieses gleiche, saubere, balgabziehende Geschäft. Gott was da für ein blasser Spargel herauskam! Durch den fast Mond hindurchschien, der alle unsere Gedanken durchforscht! Und nun standen diese beiden traurigen Produkte einer wahnsinnigen Verstellungskunst dort. Dort vor mir, der sie entlarvt hatte. Und diese Menschen-Race besteht also nicht aus Bein-Zeigern und Bein-Versteckern – diese Bezeichnung hat höchstens für das Straßen-Tripp-Trapp Geltung, – sondern Beide sind vollständig gleich; beider Beine gleich lang; gehen gleich hoch hinauf; und was sie veranlaßt, sich verschiedene Bälge und Häute künstlich zu construieren, ist reine Willkür und Verstellungswut. – O elende Menschenrace, schau Dich um einen andern Geschichtschreiber um; der Hund ist zu gut, zu edel dazu! – Nun gings aber weiter. Die beiden nackten weißen abgezogenen Hasen schlüpften in das große weiße Haus hinein, in dem ich schon einmal meinen Herrn ertappte; und nun ging die Comödie erst recht an. Mein Herr beginnt heftig zu grimassieren mit Zuhilfenahme der Augenbrauen, und verschwendet eine unglaubliche Quantität hervorgezischter Luft; der Bein-Verstecker – oder wie soll ich ihn denn nennen, den Kerl; er steckte ja jetzt gerade die Beine wiederholt zum Gehäuse heraus, – diese Person da, benützte unter fleißigem Entblößen der oberen Zahnreihe, wie mir schien, die Handsprache, um etwas auszudrücken, was ich nicht verstand. Von Seite meines Herrn neue Grimasse. Dann plötzlich eine gilfende Mundsalve, spitzig und trillernd. Nun Zahn-Entblößung auf Zahn-Entblößung auf beiden Seiten. Zunge und Rachen werden sichtbar; Brust-Vorbeugungen und Kopf-Verrenkungen. Mein Herr verdreht plötzlich die Augen, bekommt Krämpfe und scheint das weiße Gehäuse in Stücke zerbrechen zu wollen. Sein *vis-à-vis* entrollt mit einemmal einen Haufen schwarzer, glänzender, lautloser Wellen, die aus dem Kopfe hervorsprudeln und wie Oel auf dem weißen Gehäuse schwimmen. Jetzt wurde es auch dem Mond zu kunterbunt. Er entwich mit einem letzten, sensenartig dünnen Strahl, der über die beiden mehligen Gesichter hinstrich, als wolle er die zwei Comödiantenköpfe abschneiden. – Ich hörte noch einen Schrei; dann wälzte die Nacht ihren schwarzen Mantel über die ganze Scene, und ich kroch winselnd, erschöpft und zerknirscht unter das Bett. –   183

Juli.
Ich bin noch immer ganz dumpf. Noch immer kann ich nicht die Ereignisse jener entsetzlichen Nacht in meinem Kopfe registrieren. Also dieses ganze Menschengeschlecht sind in ihrem Innern, innerhalb ihrer künstlichen Verstellungs-Schichten, sozusagen abgezogene Hasen, mit Bimsstein abgerieben und mit Puder eingestreut; und auf der Straße müßte man sie nennen: abgezogene Menschen mit Ueberzügen versehen. Aber so lassen sie sich ja nicht classificieren. Niemand, der damals nicht zugeschaut, würde verstehen, was ich damit meine. Ich werde also wohl bei »Bein-Zeiger« und »Bein-Verstecker« bleiben müssen. – Meinen Herrn traf ich die folgenden Tage wiederholt mit selbigem Bein-Verstecker. Beide thaten, als wenn nichts vorgefallen wäre; bewegten sich harmlos in ihren Verstellungsschichten, und trieben ruhig ihre conventionellen Zahn-Entblößungen, Mundsalven und Gesticulationen. – Man muß sich nur erst an Alles gewöhnen. Die Race ist bei aller Schurkerei entschieden interessant. –   184

Juli.
Traf heute einen Hund, mit dem ich die Ereignisse jener denkwürdigen Nacht besprach. – Er stutzte; schaute mich von der Seite an; schien nicht entzückt von meinen Mitteilungen, obwohl er ein gewisses Staunen nicht verhehlen konnte. Meinte, das von mir Erzählte sei mehr oder weniger jedem Hund bekannt, der in seines Herrn Zimmer schlafe;

aber ich ginge zu weit, grübelte zu tief, brächte die Sache zu barock vor; wenn man in meiner Weise fortführe, kämen ja Scheußlichkeiten aller Art zu Stande; er seinerseits, halte dafür, daß man da nicht so tief hineinschauen solle; die Menschen mehr wie Marionetten ruhig an sich vorüberziehen lassen; nicht lang zwischen Schein, und was drunter stecke, unterscheiden; sich vor Fußtritten in Acht nehmen, sei die Hauptsache; und fleißig in die Sonne legen, das thue dem Hund wohl! – Als ich ihm mein Einteilungs-Prinzip von »Bein-Zeiger« und »Bein-Verstecker« mitteilte, und wie das nun zerbrochen und zerstört sei, wurde er doch paff. Ich sah's ihm an, er erholte sich längere Zeit nicht. Sammelte sich aber dann, und meinte, wir sollten besser in den von der Natur uns gezogenen Grenzen bleiben, nicht darüber hinaus wollen;

wir seien nun einmal Hunde; wir sollten unsere vortreffliche Nase gebrauchen; hübsch Knochen und Fleischreste aufspüren, und wegstibitzen, wo's was gebe; er kenne dahinten ein altes, großes Haus, wo jeden Mittag die Menschen mit dampfenden Mäulern um Tische herumsäßen, und riesige Fleischstücke verschlängen; dort im Vorzimmer, wo schlappige Personen, »Bein-Verstecker«, wie ich sie nenne, um einen großen, schwarzen, glühenden Kasten herumhantirten, und über große Fleisch-Rationen verfügten, schliche er sich manchmal hinein, stehe auf zwei Füße und wedle mit dem Schwanz; dann platzten die Bein-Verstecker dort alle vor Vergnügen und Erstaunen hinaus; und er bekomme die besten Fleischbrocken zugeworfen; das sei besser als alle Philosophie. – Mein Partner war dick und fett. – Ich wollte ihn noch Einiges über den Mond fragen. Er wich aber aus; erklärte, er habe jetzt keine Zeit, müsse an die nächste Ecke; habe was in der Nase; wollte

offenbar nicht in Religion examiniert sein. –

August.

Die letzten Tage wieder viel nachgedacht, was mir der wohlgenährte Hund gesagt. Er mag von seinem Knochenstandpunkt aus Recht haben. Ich kann mir nicht helfen, ich muß dieser merkwürdigen Race noch weiter nachgehen, sie noch weiter beobachten, zergliedern, einteilen, systematisch unterbringen. Und sollte ich darüber den Kopf verlieren. Das Schlimmste, was mir passieren kann, ist, daß ich solch verrücktes Zeug treibe, wie die Beiden in jener Nacht, Mundsalven und Gesticulationen loslasse, Hinterteil und Kopf verrenke, mir künstliche Ueberzüge mache, falsche Füße anziehe, einen zweiten Kopf aufstülpe, wie diese Menschen, mit einem Worte also, ein Narr werde.

August.

Ja, ich bin noch jung, ich weiß, ich werde noch Manches lernen. Neulich teilte mir ein Hund mit, er habe an einer Straßen-Ecke, wo sich meist ein oder zwei unseres Geschlechts zusammenfinden und sich von allen Seiten ausforschen und beriechen, die Empfindung gehabt, er möchte der andere Hund sein. Das ist ja unerhört! Aehnliches habe auch ich schon verspürt. Es ist unglaublich! Was kann denn das sein, daß man einem andern Hund gegenüber verspürt, man möchte er sein? Das ist ja ein förmliches Aufgeben der eigenen Persönlichkeit. Es scheint, an den Straßen-Ecken und Rinnsteinen gehen ganz gewaltige Dinge vor, von denen ich noch keine Ahnung habe, von denen auch das hopsende, gesticulierende und straßentrappende Menschengeschlecht nichts weiß, denen ich aber von jetzt an die vollste Aufmerksamkeit widmen werde.

August.

Täglich lerne ich neue Dinge. Von meinem Schrecken in jener Nacht habe ich mich erholt. Ich glaube doch, es war Ausnahmezustand, was ich da gesehen: die kreidebleichen Menschen mit ihren hohen Beinen und ihrem Fischschuppen-Glanz. Ich glaube doch, diese Menschen-Ueberzüge, die sie Nachts gelegentlich auf's Sofa hinschmeißen, gehören zu den Individuen selbst, sind ein integrierender Bestandteil von ihnen, ja gehören zu ihrer Seele; wenigstens exhalieren sie, wie ich mich genau überzeugen konnte, die gleichen Gerüche wie die Race selbst. Und somit bestehen meine Unterschiede von »Beinzeiger« und Beinverstecker« zu Recht. Ja, um des Systems willen würde ich selbe um jeden Preis zu retten suchen. – Aber noch mehr, diese Menschen-Ueberzüge sind wechselnd. Und – Horror über Horror! – die ganze Stadt beteiligt sich an dieser Gaunerei; öffentlich, *coram publico*. Während nämlich die oberen Teile der Häuser in jeder Straße, wie ich schon erwähnt, mit Gucklöchern versehen sind zum Heraus-Grimassieren, bestehen die unteren Räumlichkeiten – jetzt genau Obacht geben: – aus Vorratstätten für einzelne Körperteile, menschliche Glieder, Bein-Ueberzüge und dergleichen. Und ohne sich zu genieren, während oben Welche zum Fenster herausspitzen, gehen Einzelne in diese Vorratkammern und kaufen sich Körperteile. Wir Hunde warten immer draußen. Aber man müßte ja blind und ohne Nase sein, wenn man das nicht merkte. Der Eine holt sich einen blaukarrierten Hals, der Andere einen Beinzeige-Ueberzug, der Dritte künstliche Hände, braun oder semmelfarbig, eine vierte Person einen Beinversteckungs-Ueberzug oder eine gelbes Metallstück; mein Herr holte sich neulich zu seinem Körper eine zweite Nase mit Fensterchen zum Durchgucken; zweifellos giebt es hier auch innere Organe, Seelen, Herzen, Beine, Gedanken und dergl., obzwar die äußeren von eminent wichtigerer Bedeutung sind; fertige dieser Körperteile sieht man auch von Außen in diesen Vorratstätten liegen; todt; sie beginnen eben ihr Leben, sobald sie angezogen sind. Demnach bestehen die einzelnen Mitglieder dieser merkwürdigen Race nicht aus geschlossenen Individuen wie der Hund, die Katz, das Eichhorn, das Pferd; sondern ihre einzelnen Körperteile, ihre Componenten liegen zerstreut; ein Teil liegt Nachts in dem weißen, schlammigen Gehäuse, welches ich schon beschrieben; ein anderer Teil liegt Nachts auf dem Sofa; und die andern

190 Teile liegen in den verschiedenen Vorratskammern zerstreut; und bis diese Species jeden Tag ihre sieben Sachen beieinander hat, vergeht natürlich viel Zeit; darüber wird es oft Abend. Bis sie aufstehen und von ihrer Seele Besitz ergriffen – die, weiß der Teufel wo, vermutlich an einer vierten Stelle sich inzwischen aufgehalten hat – und gefrühstückt, und sich mit ihrem *alter ego*, den Ueberzügen, ausgesöhnt, und dann in den Straßen herumgelaufen, um ihre ihnen noch fehlenden Körperteile zusammenzuklauben – ja, da wird es bei Vielen Mittag oder Nachmittag. – Und dann? – Nun, dann sind sie fertige Menschen! Und dann? – Nun, dann – gesticulieren sie! – Ja, aber was thun sie denn eigentlich? Zu was sind sie denn da? – Du lieber Himmel, das kann ich doch nicht wissen!

August.

Es scheint, daß sich auch die Menschen oft gegenseitig die wertvollsten Organe entwenden, und sich damit verbinden. So sah ich heute zu meinem nicht geringen Erstaunen, wie ein Beinzeiger dem andern auf der Straße in die Hosentasche langte und Etwas herauszog, mit dem

191 er sofort auf und davon lief. Der Betroffene, mit einem kurzen Griff an die betreffende Stelle, merkte bald, was geschehen und fing fürchterlich zu schreien an. Alles lief zusammen, erkundigte sich, gesticulierte, verrenkte alle möglichen Gliedmaßen; bei der schwierigen Verständniß-Möglichkeit dieser Race dauerte es lange, bis man wußte, woran man

war. Auf einmal lief dann Alles in einer bestimmten Richtung davon. Der arme In-die-Hosentasche-Gelangte aber stand dort, bleich und zitternd. Offenbar war ihm eines der wertvollsten Organe abhanden gekommen, ohne das er unmöglich weiter leben kann, das Herz oder die Seele.

192

August.

Jetzt glaub' ich doch, daß mein Herr einer der größten Comödianten unter seines Gleichen ist. Neulich sitzt er zu Hause, gähnend, schläfrig, mit offenem Maul wie immer. Bis dahin hatte ich niemals beobachtet, daß ein Beinzeiger oder sonst ein Mensch gesticuliert und dergl., auch wenn er allein ist. – Plötzlich kommt Jemand mit einem blauen Oberkörper zur Thüre herein, macht ein paar kurze Worte und giebt meinem Herrn ein langes, dünnes, weißes, viereckiges, zusammengefaltetes Ding. Mein Herr reißt es auf, starrt es einige Zeit an, fährt dann plötzlich auf, fuchtelt mit den Händen in der Luft herum, durchwühlt seine Haare, setzt sich dann mit einer fürchterlichen Grimasse hin und preßt und würgt und gurgelt und verzerrt seinen Mund zu einem viereckigen Loch, bis es ihm faktisch gelingt, von dem Wasser, welches, wie es scheint, die meisten Menschen im Kopf haben, einen Teil in Form von dicken, großen Tropfen zwischen seine blauen Augenkugeln herauszupressen. Dann war Ruhe.

193

August.

Mein Herr blieb heute Morgen ungewöhnlich lange zu Bett. Ich glaubte schon, er werde mit dem dummen Schwindel, jeden Tag in der Früh sich falsche Körperteile umzuschnallen, definitiv brechen. Aber plötzlich lehnte er sich zum Bett heraus und ein gelb-grüner Strom schoß armsdick aus seinem Munde und platschte auf den Boden hin. Es war eine halb-dünne, halb-dicke Materie von nicht unangenehmem Geruch. Es ist dies das erste Mal, daß ich aus dem Munde eines Menschen etwas Anderes herauskommen sah, als jene in diesen Blättern schon wiederholt genannten Mundsalven, die in der Luft verpuffen, ohne etwas zurückzulassen. Mein Herr stund später auf und war auffallend freundlich mit mir. Der gelbgrüne Platschen, dem ich schon als der ersten greifbaren Expectoration meines Herrn nicht geringe Bedeutung beizumessen geneigt war, wurde später zu meiner Ueberraschung von einem Beinverstecker, einer Person, der ich oft bei ihren Dienstver-

richtungen nachlaufe, unter nicht geringer Gesichts-Gesticulation entfernt und mit dem gewöhnlichen Unrat des Zimmers im Hof in eine
Grube geworfen.

September.

Oft habe ich schon darüber nachgedacht, woher meine Hundegedanken
kommen. Betrachte ich meine Pfoten, so sind es meine Pfoten; betrachte
ich meinen Pelz, meinen Schwanz, so ist es mein Pelz und mein
Schwanz; kurz, das ganze Hunde-Mich kann ich so zusammenfassen;
und immer giebt es dann Pfoten, Pelz, Schwanz und dergl. – aber keine
Gedanken. Woher kommen die Gedanken? Ich glaube, es ist ein Tier,
welches mir unterm Kopfe steckt, und das diese rastlose, mühevolle
Arbeit besorgt. Das, was zurückbleibt, wenn man vom Hunde alle äußeren Teile wegnimmt, ist, glaube ich, dieses Denktier, welches mich
zwingt, seine Arbeit für die meine anzuerkennen. – Welche Entdeckung!

Mir kam es schon immer sonderbar vor, daß, wenn ich etwas thun
wollte, es in mir bellte: Ich mag nicht. Und jedes Mal mußte ich folgen.
Und umgekehrt, wenn ich zu träge war, vorübergehende Hunde zu
beriechen, trieb mich oft dieses geheimnißvolle Denkwesen in meinem
Innern auf, zur Geruchsarbeit zu gehen, die mir dann auch schmeckte.
Welche elende Wirtschaft! Wenn der Hund nicht mehr thun darf, was
der Hund will! Da sinkt ja der schöne, gefeierte Hund auf die elende
Stufe einer pelzüberzogenen Marionette herab! Und der stille Comman-
deur im Innern, der läßt sich nie sehen. Dann besteht also der Hund
aus A. + B., aus Hund + Nicht-Hund. Und dieser Nicht-Hund ist es,
der die ganze Geschichte leitet. Er, der eigentlich für Alles verantwortlich
ist, er heißt Nicht-Hund. Und gerade er sollte Hund heißen. Welch
merkwürdiges Verhältniß! Welche Täuschung! Welche Infamie! So einen
armen Hund herumlaufen, herumschnuppern zu lassen; ihn couragiert
und stolz sein zu lassen, und ihm dann eines Tages zu zeigen, daß er
gar nichts ist, und die Befehle eines andern sehr schlauen Commandeurs
vollführt hat, und für die Zukunft vollführen wird. – Wie aber, wenn
der Hund einmal nicht mag?! Wenn der Hund revoltiert und die Zähne
zeigt?! Was wird dann das geheimnißvolle eingewanderte Tier im Innern
thun, da es doch keine Peitsche besitzt? – Ich will auf dieses Zwiever-
hältniß für die Folge genau Acht geben.

September.

Immer wieder komme ich auf das Menschengeschlecht zurück. Den ganzen Trupp einteilen, in Ordnungen und Klassen bringen, das fällt mir nicht mehr schwer. Aber herauszufinden, was stabil ist und was vorübergeht, da liegt die Schwierigkeit. Absonderlichkeiten und Raritäten kommen bei uns Tieren auch vor, aber sie sind stabil. Die Schildkröte hat ihr Dach, die Schnecke ein Haus, der Maulwurf seine Wohnung, der Pfau seinen Popo-Fächer, die Fledermaus ihre Armsegel, der Feuersalamander seine kleinen Monde am Buckel, die Kröte ihre Geruchsfläschen. Aber diese Accidentia sind stabil und man darf sich auf sie verlassen. Bei dieser merkwürdigen Race aber, die ich zum Gegenstande meines Studiums gemacht, geschieht jeden Tag etwas Andres, und jeder von ihnen verändert sich auf beliebige Weise. Der Eine grinst, der Andre spuckt, der Dritte reckt ein Glied heraus, welches er bis morgen einzieht. Viele tragen ihren Popo hinten, viele tragen ihn vorn; und Andere haben einen Popo vorn und hinten; und da ich mir nicht denken kann, die Natur habe einem dieser Schauspieler aus besonderer Nachsicht zwei Popo's verliehen, so muß der eine in irgend einem Körperteil-Lager erworben worden sein. O, wenn ich all die Scheußlichkeiten und Verzerrungen registrieren wollte, ich würde nicht fertig. Sechs *Linné's* würden nicht genügen, die Botanik dieses Wackelwerks, Mensch geheißen, zu beschreiben und in ein System zu bringen. Und ich könnte auf den Gedanken kommen, diese Zappelrace gesiculiert, rutscht und fakelt so tollhäuslerisch herum und nach vorheriger Abrede, um mich armen Hund, der die Sache in ein System bringen muß, um seinen Verstand zu bringen. Sah ich doch neulich, nicht zufrieden damit, sich immer neue Glieder anzuschnallen und Körperteile zu erwerben, sogar, wie ein Beinzeiger sich mit einem Pferd verbinden wollte, auf es hinaufsprang, – wie Hunde sich oft gegenseitig übersteigen, – um eine monströs-unanständige neue Zwitter-Race zu bilden! Das stolze Tier bäumte sich und warf den frechen Kerl ab, so daß er auf seinem – echten oder falschen – Popo grinsend liegen blieb. Das hätte wieder ein schöne Combination gegeben! – O, ich bin nicht mehr so naiv und unvorsichtig wie früher. Seitdem ich meine erste furchtbare Enttäuschung als Beobachter erlebt, seitdem ich weiß, daß die Menschen farbige Ueberzüge tragen, sich ihre Organe täglich erst Gott weiß wo zusammenlesen, um Gott weiß wen über ihre wahre Gestalt zu täuschen; seitdem ich solche Ueberzüge und Organe Abends habe ablegen und

197

198

auf's Sofa schleudern sehen und den nackten mehligen Kerl sich in ein weißes großes Haus verkriechen, so daß ich nicht wußte, wo jetzt der Bursch liege, auf dem Sofa oder im Bett, und schon eine Zweiteilung des Individuums für die nächtlichen Stunden von 12–6 anzunehmen geneigt war –, seitdem bin ich vorsichtig geworden und nehme nicht jede Grimasse oder Hinaus-Reck-Versuch für baare Münze.

September.

Was man auch sagen möge über die Nichtsnutzigkeit oder Niedrigkeit der Menschenrace, sie haben Fertigkeiten, Kunststücke, Schauspieler-Sächelchen, Zauberkünste, die ihnen nicht so leicht Jemand nachmacht. Und wenn diese Dinge auch keinen Wert haben, man steht starr vor ihnen und entzückt, wie vor einem Wunder. Und eine Spanne Existenz ist wieder ausgefüllt. Ich rede von der Reproduction des Menschengeschlechts durch das singuläre Individuum. Ich wiederhole: Reproduction oder Wiederholung der Menschenrace durch ein einzelnes Individuum. Ja, lauscht Ihr Hunde, die Ihr oft unter dem Hohngelächter der Menge Euch auf der Straße um Eure Nachkommenschaft abplagt! Diese Menschen reproducieren sich viel leichter. Ein Griff, und Alles ist geschehen. – Ich rede nicht von der Nachkommenschaft der Menschen, – die sie, weiß der Himmel wie und wo, zu Stande bringen – sondern von der Selbstproduction des Einzel-Individuums. Das versteht wieder Keiner! Ja, versteh ich's? Ist es meine Schuld, wenn ich Ausdrücke und Wendungen gebrauche, die kaum gefaßt werden können? Wenn unsere Hunde-Sprache den Tollheiten und Zauberkünsten dieser Menschen nicht nachkommen kann? Eigentlich sollte ich sagen: Selbst-Repetition oder Selbst-Wiederholung des Einzel-Individuums an jedem Tag, zu jeder Stunde, in jedem Augenblick, wann es gerade gefällig, ohne Beihülfe, – weil das betreffende Individuum immer nur sich selbst erzeugt, kein jüngeres, kein anderes, nicht einmal ein ähnliches, sondern immer nur sich selbst, also repetiert. – Warum? – Ja, das weiß der Himmel. – Doch, ich glaube, ich gebe die Sache am besten so, wie ich sie gesehen habe. Ihr legt sie Euch dann aus, wie es Euch gefällt.

Also: In der letzten Zeit liege ich häufiger als früher bei Nacht unter dem Bett meines Herrn. Ich kroch nun, – es war gestern – etwas früher unter demselben hervor, weil mich hungerte. Ich drückte es ihm mit dem Blick aus. Aber, wie bekannt, versteht diese stumpfsinnige Race nicht die leiseste Andeutung, die jeder Hund versteht. Er glotzte mich blöd und breitmäulig an, und wandte sich dann zu seiner früheren Beschäftigung. – Neugierig gemacht, verfolgte ich diese, und bemerkte, wie mein Herr, der eine Menge sonderbarer stachlicher, zinkiger Instrumente in seinen Händen hielt, einen bestimmten Abstand zu nehmen suchte zu einer gewissen Platte, die todt und leer an der Wand herabhing. Diese Platte, groß und gähnend wie ein unendliches Nichts, hatte ich wohl früher bemerkt, ohne ihre Bedeutung mir klar machen zu können. Nun kam ein Moment: mein Herr hielt die erwähnten Instrumente hoch über seinen Kopf, – noch ein Schritt seitwärts, – und plötzlich trat hinter der Platte, wie aus einer andern Welt, schläfrig und grabentstiegen, mein zweiter Herr auf; ja, mein zweiten Herr; oder: noch ein Exemplar von meinem Herrn; ganz und gar, und leibhaftig, und lebendig; und mein erster Gedanke war, daß sich jetzt auch die Hiebe im Tage verdoppelten. Mein Herr hatte sich repetiert; hatte sich aus dem ewigen Nichts, – oder wie man das nennen will, – selbst erzeugt. Ich war starr und sprachlos! Und nun hätte man sehen sollen: Dieses gegenseitige Gezwinker und Augenblinzeln, dieses Mundspitzen, diese Begrüßungen und Beglückwünschungen, als sagten sie sich: Wie geht's? Du siehst ja prächtig aus! Wie freut es mich, Dich zu seh'n! Wie Du schön bist! Du Prachtmensch! Du göttergleiches, küssenswertes Wesen! Du bist ein Gott, und Alles Andere ist Schund! – Dies dauert wohl eine halbe Stunde; und nun, – einen Schritt seitwärts, – und Fallenlassen der Apparate, – war das Phantom verschwunden, mein zweiter Herr so radical fort, und in sein voriges Nichts aufgelöst, wie eine gefressene Maus. Wenigstens sah ich später meinen Herrn ganz allein und ruhig, als wär Nichts vorgefallen, am Frühstückstisch sitzen. – Ein Glück! Ich hätte nicht sehen mögen, wie dieser zweite Herr *vis-à-vis* von dem meinen Platz nimmt und sich an einem Frühstück beteiligt, welches mein Herr immer mit großer Gier verzehrt und von dem nicht der kleinste Bissen übrig bleibt. –

So weit das Thatsächliche. Und nun lasse ich einen Hund herkommen, er soll mir sagen, was das zu bedeuten habe. Oder besser: ich lasse gleich einen Menschen herkommen, den nächstbesten, (ich glaube, sie treiben Alle das Geheime Laster) er soll mir sagen, was er damit bezweckt. Die Unkenntniß der Mache ja meinerseits ohne Rückhalt zugegeben, frage ich: Was in aller Welt soll diese infame Fabrication? – *Andere* Wesen creieren. – Gut! Respect! Ein Götter-Geschäft! – Aber sich selbst, – bis auf den letzten Knopf, – im Handumdrehen, – noch einmal so hinstellen, – repetieren! – Elende Race, langst Du denn nicht mit *einem* Exemplar?! –

September.

Traf heute jenen fetten, wohlgenährten Hund wieder, der sich so gern in die Sonne legt; er erzählte mir, meine Einteilung des Menschen-Geschlechts in Bein-Zeiger« und »Bein-Verstecker« mache Aufsehen, finde Beifall, sei höchst bezeichnend, man komme mit dieser Terminologie viel weiter; sie sei schon in der ganzen Stadt im Gebrauch; ich solle ihm doch, wenn ich wieder so was hätte, Mitteilung machen; er verbreite gern solche Sachen. – O diese dummen Hunde, die mit allem zufrieden sind, wenn sie nur Mittags ihren Suppenknochen haben! Wenn die wüßten, was ich Alles inzwischen neu erfahren und neu entdeckt habe! Habe entdecken müssen!

September.

Ich dachte mir neulich, ich könnte, um den ewigen Fußtritten zu entgehen, einen Vertrag mit meinem Herrn abschließen, wonach er jede ungerechte Mißhandlung an meinem Körper durch irgend eine Wohlthat zu sühnen hätte. Dafür erklärte ich mich bereit, alle die Schweifwedelungen, Abschleckungen, verzücktes An-ihm-hinaufspringen, exaltirtes Freudegebell, und was sonst die Menschen-Race an uns bewundert, ihm in Ueberfluß zu Teil werden zu lassen; auch ihn nie öffentlich zu blamieren; stets zu folgen, wenn er mich lockt und dergl. Aber, wie gesagt, es müßten dann für seine häuslichen Unarten, – cholerische Fußtritte, weil er seine Porzellantasse fallen ließ; mir eine auf die Schnauze, weil ihm ein Hemdknopf absprang, – Repartierungen eintreten; also z.B. für ein zorniges Wort, welches ich nicht veranlaßt, eine Extra-Streichelung; für Eine auf den Schädel, ein Zuckerstückchen; für einen Fußtritt, eine Käsrinde; für Eine auf's Maul, außergewöhnlich Abends einmal mitgenommen werden; für eine zerbrochene Rippe, eine Leberwurst. – Aber, Du lieber Himmel, wird mein sauberer Herr es eingehen? Wird er mich bei diesem Vertrag nicht für den Meist-Begünstigten ansehen? Und, wenn er ihn eingeht, wird er ihn halten?! -

September.

Ich verlaufe mich jetzt häufiger. Ist es, daß mein Herr jetzt nicht mehr die richtige Schuhwichs ausschwitzt, oder daß er mich absichtlich zum

Narren hält, oder daß meine Nase schlechter geworden, oder daß meine Gedanken wo anders sind, ich weiß nicht; und jedes Mal giebt es dann zu Hause Prügel. Aber ich mache auf meinen Sonder-Wanderungen oft Entdeckungen, die ich als kostbaren Erinnerungsbesitz meinem Gedächtniß einverleibe, während die paar blutrünstigen Stellen an meinem Körper bald geheilt und aufgesogen sind. – Neulich traf ich 205 den Mond. Er kam gerade wie ein brennendes Ungeheuer hinter dem Berg herauf. Eine kühle, aufgelockerte Nacht hing vom Himmel herunter. Eine Ration Frösche, hörte ich von Ferne, hatten sich bereits eifrigen lauten Gebetsübungen hingegeben. Ich war gewiß in religiöser Stimmung. Aber, mein Gott, diese Frösche mit ihrem ewigen Geplapper, zählen die Vater-Unser nach dem Gewicht und meinen, sie haben's, wenn sie nur eine große Anzahl zusammenbringen. Ich, ein luth'rischer Hund, concentrire mein Gefühl auf einen einzigen Stoß und bete, wenn ich muß, und wenn mich mein Innres antreibt. Und so fing ich denn, draußen am Ranger liegend, und immer in die glühende Kugel glotzend, unvorbereitet wie ich war, und vom eigenen Gedankengang überrascht, plötzlich an: O Du runder, zeisigleuchtender Gott, bist Du wirklich ein uns beschützendes Wesen, das uns Knochen und Fleischreste bescheert, und vor den Prügeln der Menschen bewahrt, und Dich uns Nachts präsentirst, damit wir nicht in Tümpel und Straßengräben fallen? Oder bist Du nur eine aufgezogene Signalscheibe, ähnlich wie jener Tagesdiscus, den sich die Menschen täglich, behufs besseren Gesticulirens, im glühenden Zustand über den Himmel ziehen? Und unterstehst einem noch mächtigerem Wesen, einem Beamten, der Dich heute Viertels, morgen Halb und übermorgen Dreiviertels 206 anstreicht? – Und Dein strenges und gütiges Hundegesicht, das Du uns zuweist, ist das wirklich auf uns, Deine armen, geschlagenen, durchgebläuten Brüder erbarmungsvoll gerichtet? Oder sind, was wir an Dir sehen, nur häßliche Löcher, Knorpel und Auswüchse eines alten, verrunzelten, durch den Himmelsraum geschleuderten Holländischen Käses? – Nach solchem Gebet brach mir fast das Herz vor Rührung, Zweifelsqualen und Weltschmerz, und ich heulte und klagte, daß in den nächsten Straßen die Menschen weißgekittelt zu ihren Gucklöchern herausschauten, und schimpften und zeterten und gesticulirten, und Einer mit einem Stock herausgestürzt kam, daß ich schleunigst davonlief. 207

September.

Hatte mich gestern Nachmittag wieder verlaufen. Und obwohl ich mit knapper Not vor meinem Herrn hätte nach Hause kommen können, so bewog mich doch die Neugier, unter dem staunenswert regelmäßigen Hin- und Hergetrapp der Menschen noch etwas Unbekanntes zu entdecken, sowie die Erwägung, daß, komme ich nach Hause, wann ich wolle, es Hiebe absetzen werde, meinen Schlendergang noch etwas fortzusetzen. – Ich verlor mich bald abseits von dem wandelnden Stiefelmeer in kleine Seitengäßchen, wo ich einige der wundersamsten und neuesten Gerüche entdeckte, die durch sorgfältige Lagerung daselbst einen außerordentlichen Wert erlangt hatten. Ich muß sagen, ein solcher Geruch erschüttert meine ganze Seele. Frische Gerüche sind gut; jeder derselben hat seinen bestimmten Gedankengehalt und, aufgesogen, leben sie in unserem Kopfe weiter als das, was sie sind. Aber was in diesen Geruchsstraßen seit Monden abgelagert liegt, ist nichts Einfaches mehr. Das sind Componenten, die gegenseitig ihren Gedankengehalt austauschen, sind Constellationen, die eine ganze Vergangenheit erzählen, und die, aufgenommen, wie ein Geruchsrätsel, wochenlang in unserem Kopfe spuken. – Dies nebenbei!

Es war inzwischen dunkel geworden und ich war eben im Begriffe, nach Hause zu gehn, als ich eine Katze traf. Ich bin diesen geschickten Tieren von Haus aus nicht abgeneigt, obwohl ich sie am hellen Tage nach einer alten Racen-Tradition tüchtig abkanzle. Im Dunkeln macht sich so Manches anders. – Wir waren bald in ein Gespräch vertieft. Natürlich schimpften wir über unsere gemeinsamen Dienstherren, die Menschen. Die Katze, welche wohl bald merken mochte, daß sie keinen gewöhnlichen Hund vor sich habe, überraschte mich bei einer Wendung mit der Frage: ob ich die neue Menschenrace sehen wollte, die sie in einer der letzten Nächte entdeckt. Eine neue Menschenrace? rief ich. Welche? Die straßentrappende? Die kenn ich in- und auswendig; an der ist nichts Neues! – Nein, – sagte sie, – es ist eine ganz neue Species; sie schläft bei Tag, wacht gegen Abend auf, lebt nur in künstlicher Luft, die durch eigentümliche rohr- und becherartige Instrumente erzeugt wird, entwickelt aber dann eine staunenswerte Gelenkigkeit und Körpergeschicklichkeit, so daß ich sie mit uns, den Katzen, verwandt glaub, ich möchte sie die zwirbelnde Menschenrace nennen. – Ich wurde nachdenklich. Sind es etwa Affen? frug ich. – O nein! – gab sie zurück, – viel prächtiger und farbiger und fast ebenso geschickt. – Kommen sie nie auf die Straße? – Nein, – meinte meine Berichterstatterin – bei Morgengrauen werden sie erschöpft und halbtodt in künstlichen schwarzen Häuschen und unter Beihülfe von Pferden aus ihrer Tanzluft hinweggebracht und verbringen dann den Tag in einem larvenähnlichen Zustand. – Wir wurden übereins, noch heute Nacht dieser seltenen Race nachzuspüren; und die Katze, dieser leichte und prachtvolle Pfadfinder, ging voraus. Ueber Gemäuer, Winkelwerk und ähnliche Stein-Constructionen gelangten wir nach vieler Mühe an ein hochgele- 210 genes, staubiges Fenster, das nur knapp uns beiden Platz gewährte. – Hier saß ich, – bemerkte die Katze – schon ganze Nächte und ergötzte mich an den kostbaren Sprüngen dieser höchst merkwürdigen Race. – Wir blickten in einen tiefen Saal, der ganz mit einem blauen Dunst angefüllt war und der nur schwierig die Erkennung der Einzelheiten gestattete. Was soll der Nebel? frug ich. – Es scheint ihre Lebensluft zu sein, außerhalb welcher sie ihre wunderbaren Schraubenbewegungen nicht ausführen können, und absterben. – Ist das ein neues Element, ähnlich dem Wasser? – Es scheint künstlich produciert zu sein, denn, sieh dort, auf der hohen Tribüne sitzt eine Gruppe mit aufgeblasenen Backen und wunderlichen gelben und schwarzen Röhren, Kesseln und sonstigen Instrumenten, aus der sie die Luft herausblasen und schlagen. – Ja, das sind aber gewöhnliche Menschen! entgegnete ich. – Das sind auch nur die Beihelfer! Die Lufterzeuger! Die die ihnen unterworfenen menschenartigen Wesen zwingen, solche Stöpselzieher- und Spiral-Be- wegungen auszuführen. – Ich starrte lange in das blaue Meer hinunter 211 und entdeckte endlich tief unten eine nach Tausenden zählende Colonie springender, hüpfender, schwirrender, schwänzelnder, sich um ihre Längsaxe drehender Körper, Lebewesen, in den verschiedensten Farben, grün, rot, blau, gesprenkelt, getüpfelt, der Straßenrace nicht unähnlich; aber prächtiger, leuchtender; die Unterschiede zwischen Beinzeigern und Beinversteckern aufgehoben, da all Zwischenformen und Ueber- gangsstufen vorkamen. – Katze, sagte ich, diese Zwirbelrace scheint mir eine höhere Stufe der gemeinen Menschenrace zu sein! – Wieso? – Weil hier Alles, was wir bei den Menschen schon finden, die Bewegun- gen, die Farben, die Gesticulationen, die Zahn-Entblößungen, wieder- kehrt, nur in potenzierter Form und in reicherer Variierung. – Das glaub ich nimmermehr; mir scheint diese künstliche blaue Lufterzeugung nicht gleichgültig dabei; ich halte das Ganze für eine infernale Veran- 212 staltung von Seiten der Menschenrace selbst, die ihre gefangenen Brüder hier hereinbringen, wo sie unter dem Einfluß der blauen Luft diese furchtbaren Verzerrungen und Zwangsbewegungen machen müssen. – Welche verschrobene Ansicht! rief ich, Katze, Du scheinst Dich noch nicht lange mit dem Denken zu beschäftigen! – Wir erhitzten uns heftig. Die Katze fuhr auf mich los; ich machte eine Rückwärtsbewegung, um mich an dem schmalen Fenster zu halten, und stieß mit dem Kopf gegen die Fensterscheibe, die zerbrach und klirrend in den Saal hinabfiel. In diesem Augenblick drang ein fürchterliches Geräusch wie Donner und brechendes Gebälk an unser Ohr, das unsere Seele erzittern und unsere Magen zum Erbrechen übel machte. Geräusche, gegen die Froschquaken und Wolfsgeheul nur Zirpenlaute waren. Die blaue Luft, ein Gemisch von Käs, Messing und alten Lumpen, drang mit Heftigkeit aus dem Scheibenloch. Mit Schrecken blickte ich hinab in den Saal. Unsere Unvorsichtigkeit schien eine deletäre Wirkung da unten hervorzurufen. Die ganze Mechanik schien zu erlahmen; die Bläser setzten die Lufterzeugungsrohre von den Lippen; mit dem Entweichen der künstlichen Luft schien dem Ganzen das Lebenselement genommen zu sein, jetzt hörte auch das wilde, gebälkbrechende Geräusch auf. Die Hüpfer und Springer erlahmten sichtlich in ihren Schraubenwindungen und lehnten zuletzt matt an der Wand; der starre Tod schien über diese kostbare seltene Species zu kommen. Mit dem Ruf: Wir sind verloren, sprang die Katze auf das nächste Dachsims. Ich weniger, glücklich, stürzte in den Hof hinab und brach eine Rippe. Jammernd und klagend eilte ich nach Hause. Es war inzwischen fast Morgen geworden. Mein Herr erwachte zu früh aus dem Schlaf und hieb mich so jämmerlich durch, daß er mir noch zwei Rippen brach. Macht zusammen drei Rippen.

October.

Angeregt durch die Mitteilungen der Katze, habe ich inzwischen Acht gegeben, und zu meiner nicht geringen Verwunderung in der That gefunden, daß es eine Menschenklasse giebt, die statt sich in Bein-Zeigen und Bein-Verstecken zu üben, zu gesticulieren und Gesäß-Hinauszurecken, sich in kleine schwarze Häuschen einsperren, die ein einziges Guckloch auf der Seite haben, und durch ein possierliche Vorrichtung einem großen Tier, Pferd z.B., so nah auf das Hinterteil geschnallt sind, daß, wenn selbiges Pferd sich vorwärts bewegen will, es selbiges Haus *nolens volens* mitnehmen muß, wie die Schnecke ihr Haus. Wenn dann diese mehligen Gesichter in dem schwarzen Guckloch erscheinen, starr und gesticulationslos, und der Kopf hin und her schlenkert, wie ein abgerissener Kürbis, und das ganze Wackelwerk hinrumpelt und bumbelt wie ein groteskes Zufalls-Gespenst – – oh, ich könnte wieder in Interjectionen ausbrechen, wenn ich nicht schon an das Tollste und Widerspruchvollste gewöhnt wäre. Was ich einzig bemerken möchte, ist, – die feine Beobachtungs-Gabe der Katze im Uebrigen unbeanstandet gelassen, – daß ich, weit entfernt, diese Menschen in den forthumpelnden schwarzen Häuschen für eine Extra-Race zu halten, umgekehrt diese Häuschen nur für einen neu zugeschnallten, oder umgelegten, Körperteil erachte, mit dem die alte gewöhnliche Race irgend wen zu täuschen sucht. Mich nicht!

215

October.

Heute hatte mein Herr den Mond im Zimmer; auf Besuch; lang starrte ich die uns ergebene Gottheit an; es war ein prachtvoller Vollmond, den mein Herr, wie auf einen Pfiff sich vom Himmel herabgeholt, und auf einen Stock gestellt hatte, und bei dessen Schein er lange, und, wie es schien, gründlich seinen Kopf in einen dicken, schweinsledernen Folianten versenkte. – Aber nicht lange währte die Täuschung. Denn als mein Herr einmal die Mondkugel anrühren und emporheben wollte, sah ich, daß Alles geometrisch abgezirkelter Betrug war; und daß unter einer milchartigen Hohlkugel eine ekelhafte, spitzige, grelle Flamme verborgen war, die der Mensch aus einem gelblichen Saft herauszog. – Comödiant! –

216

October.

Wenn ich mir so die Menschenrace anschaue, was soll ich mir denken? Läuft sie in den Tag hinein, und hackt mit bewundernswertem Fleiß jeden Tag ein Stück von ihrem Absatz weg? Oder überwacht sie ihre Arbeit? Zählt und rechnet? Sagt sie sich: Jetzt wird so und so viel getrappt, grimassiert, geäugelt, Zähne entblößt, Brüstchen herausgetrieben, Mundsalven entleert …? Oder läuft und lebt sie so in den Tag hinein? Mein Gott, da hebt sie sich von Vieren auf Zwei, baumelt mit den Armen hin und her, und kiekt in die Luft. Ja, ist das Alles, was Euch vom Hund unterscheidet? – Merkt Ihr denn nicht, was ich merke? Seit Monaten, die ich mit meinem Herrn durch die gleichen Gäßchen gehe, sehe ich täglich die mir bekannten verzwickten Gesichter. Ich kenne sie alle. Jeden Tag begegne ich ihnen. – Aber siehe da, eines Tags fehlt

Einer. Wo ist der Kerl hingekommen? Er ist fort. Aber wohin? Es ist, als ob die Häuser Menschen aufschlucken, aber nicht alle von sich geben. Es ist, als ob ein unsichtbarer Arm aus dem Straßenkörper herauslange, und den Einen oder Andern bei den Beinen packe und hinunterziehe. Eh sich die Andern umsehen, ist er fort. Die Kleinen werden groß; und von den Großen verschwindet Einer nach dem Andern. Merkt Ihr denn das nicht? Da hab ich einen Kerl gekannt, der hatte vor seinen Augen zwei festgefrorne Wasser-Ringe angeschnallt, um die bekannte dumme Blinzelei besser ausführen zu können. Der Kerl geht mir seit zwei Wochen ab. Ja, wo ist er hin? Er ist fort! Merkt Ihr denn nicht, daß der abgeht? Meint Ihr nicht, Euch wird es gerade so gehn? Und da tappt Ihr immer so zu, und pafft, und gaukelt, und schlenkert, und kiekt, und verdreht die Augen! Ja, Ihr führt ja das reinste Menschenleben gegen einen Hund! – – – Mein Herr schnarcht da drinnen. Ich will mich auch zur Ruh legen. -

October.

Man sollte nicht glauben, wie weit es diese Comödianten treiben! Komm ich da neulich mit meinem Herrn in ein fremdes Haus, wo ich schon früher war, und wo ein Kerl wohnte, der mir immer Bisquit gegeben. Schon als die Thüre geöffnet wurde, stunden zwei dort, denen Rotz und Thränen über's Gesicht liefen; und dabei ein Schneuzen und Augen-Verdrehen, daß es nimmer schön war. Dachte mir schon, daß wieder eine große Comödie los. Komm ich hinein, liegt der Kerl (der Bisquit-Mensch) nicht stocksteif in einem schwarz-lackirten Kasten, und verstellt sich, hält den Atem an, und rührt sich nicht. – Eine solche Comödie! Nun glaubt vielleicht Eins von Euch, Hündchen, der Lump wäre nach einiger aufgesprungen, hätte seinen Mit-Bein-Zeigern die Hand gegeben, und unter entsprechenden Knixen und Zahn-Entblößungen gesagt: Alles war nur Scherz, und, sie sollten zufrieden sein? Nein, der Kerl läßt den Kasten über sich zumachen, zuschrauben, die Stiege heruntertragen, und auf einen phantastischen Wagen mit zwei lahmen Pferden eine Stunde vor die Stadt hinaus spazieren fahren! – Welch ein Spaß! –

October.

Ein merkwürdiges Vorkommniß bildet den eifrigen Gegenstand meines Nachdenkens während der letzten Tage. Ein kleiner Hund begegnete mir an der Ecke, wo mein Herr fast täglich mit einem Andern seiner Sippe zusammentrifft und Grimassen und Mundsalven austauscht. Der kleine Hund, der einen buschigen, häßlichen, aber intelligenten Kopf hatte, näherte sich mir mit benevolenten Manieren, und nach Austausch der unter uns üblichen Nase-Begrüßungen und Atem-Erforschungen … ich weiß nicht, wie ich mich ausdrücken soll, – – der kleine buschige Hund zitterte am ganzen Leib; halb Jauchzen, halb Schmerzen drückten seine Geberden, sein Blick aus; dumm, verzwickt, verlegen wurde seine Miene; sonderbar war, daß alle Begrüßungen, die ich bisher erlebte, einfach den Charakter gegenseitiger Informierung über den eigenen Zustand trugen; die diesmalige aber, diese Informierung für überflüssig haltend, sich in ganz anderen Empfindungen bewegte, und in mir eine neue stupende Idee weckte. Ja, um eine tolle aber kurze Ausdrucksweise zu gebrauchen: Mir kam vor, der Hund wolle ich sein, – oder mich sein; wie sagt man denn da? – Der buschige Hund wolle weniger über mich sich orientieren, wie meine Seele gestimmt sei, ob wir uns vertragen würden, und dergleichen, sondern er, der buschige Hund, wolle mich, der glatthaarige Hund, sein. Es klingt ganz verrückt. Ich geb es zu. Aber ich kann mich nicht anders ausdrücken. – Er beroch mich von hinten. Ich hielt dies früher immer für Spielerei. Aber ich muß sagen, es berührte mich eigentümlich. Mit Entsetzen merkte ich, wie in mir ein neues Hunde – Ich sich aufthat, welches meine Vergangenheit auszuwischen drohte. Ich machte die tollsten Sprünge und Körper-Verrenkungen. Ich kam mir wie ein Mensch vor. – War ich aus dem Gesichtskreis des kecken Angreifers entfernt, so wurde ich ruhiger und erkannte mich wieder. Aber schon auf wenige Schritte Nähe war es mir, als reiche der Hund in mein Wesen hinein. Ein Dunstkreis war um ihm, in dem ich mich halbiert, zerstört, zerhackt, gewaltsam auseinander gerissen fühlte. Der Hund war grundhäßlich; seine Angriffe machten ihn noch häßlicher; ich hasse Häßlichkeit; aber durch seine Nähe mich mit ihm verquickt und vermischt fühlend, mußte ich mich teilweise mit ihm identificieren, – ein scheußliches Rätsel! Ich kann nicht weiter erzählen, wie die Sache weiter ging. Mir fehlt die Sprache. Weniger für die äußerlichen Vorgänge, als für die inneren Erlebnisse. Ihr würdet mich nicht verstehen, liebe Mithunde. Aber ich muß das Eine sagen, ich denke jetzt über Manches, was ich zwischen Bein-Zeigern und Bein-Versteckern habe vorgehen sehen – zu kraß, um Alles hier mitzuteilen, – milder. Mein Gott, wenn analoge Zustände bei der

Menschen-Race vorkommen sollten; und ich denke mir das Ende: grandiose Scheußlichkeiten, Ineinander-Hineinschlüpfungen, infernale Probierungen kämen da heraus, vor denen, glaube ich, der Mond sich umkehren würde, und das Bein aufhöbe, um die Welt gelb anzuschiffen. – Ich treffe den Hund morgen wieder. Es ist klar, die Sache muß zu einem End' kommen. Ich muß wissen, ob ich ich bin, oder ob ich ein Stück von dem kleinen buschigen Hund sein soll.

October.

Hatte mich wieder einmal glücklich verlaufen. Solche Extra-Vacanzen kommen in der letzten Zeit häufiger vor. Sie enden in der Regel mit Prügel und Rippenbrüchen. Aber sie haben das Gepräge einer gewissen Idealität und versetzen uns in jene Zeit zurück, da wir, in unserer Gemüts-Verfassung noch weniger menschlich-windelweich geartet, das Bewußtsein unserer Selbständigkeit und unserer Zähne hatten, und gelegentlich mit unseren Vettern, den Wölfen, aus dem Wald hervorbrachen und den Menschen in die Waden bissen.

Es war schon Abend; aber warm; ich befand mich in einer leeren Straße vor einem Thor, und hatte eine Ahnung, als wenn hinter diesem Thor die Menschenrace, mit der ich mich in diesen Blättern leider allzuviel beschäftigen mußte, aufhörte, und eine neue, schöne, freie Welt begänne. – Ich ging durch das Thor und lief immer zu; allmählich hörten die Häuser auf; ein Baum kam nach dem andern; und plötzlich befand ich mich im Wald. Herr Gott, war das schön! Ich hörte wieder alle die kleinen Tiere zirpen, flöten, rascheln und herumklettern. Und ich atmete aus der feuchten Erde jenen Weltgeruch, den die Menschen, ich glaube, mit künstlichen Maschinen von ihren riesigen Maulwurfs-Constructionen und Wohnstätten fernhalten. Ich machte die tollsten Sätze, sprang durchs Gras, wälzte mich auf der Erde, und schielte verliebt zum Mond hinauf. – Es war furchtbar still. Ich lag wohl eine Viertelstunde, als sich plötzlich ein knisterndes Geräusch in der Ferne näherte. Ich horchte regungslos. Das war kein Hund, keine Katz, kein Eichhorn, kein Igel, kein Wiesel, und kein Maulwurf. Das war wieder ein Exemplar von jener verdammten Sippe: Mensch. Eins? Nein Zwei! – Was wollen nun die schon wieder da, dachte ich. Hier ist doch kein Pflaster, auf dem man stundenlang Tripp-trapp machen kann, kein Saal mit blauer künstlicher Atem-Luft, kein Fensterstock zum Heraus-Gesticulieren! – Ich schaute mich fragend um entdeckte eine Bank, die ich vorher in der Dunkelheit nicht bemerkt hatte. O diese Sippe! Da stellen sie in gemessener Entfernung zwei Steine auf, legen ein paar Latten darüber, streichen sie mit einem Gott weiß wo hergeholten braunen Saft an, und schlichten dann ihre Körper unter den schrecklichsten Verkrümmungen und possierlichsten Gesichts-Verzerrungen darauf, einen neben den andern, ... es ist die Schauspielerei, die mich ärgert! – Die schwarzen Gestalten kamen näher. Eines, dachte ich mir, 224 wird meine Beobachtung diesmal voraushaben. Die zwei werden nicht wissen, daß Du da bist, und der Grund zur Verstellung und üblichen Theaterspielerei wegfallen. – Richtig! Sie senken ihren Leib mit dem Gesäß vorsichtig balancierend auf die Bank nieder. Erst gegenseitiges stummes Anglotzen. Dann kleine, zischelnde Mundsalven, die herüber und hinüber gehn; doch, wie es scheint, ohne Förderung des eigentlichen Conflicts. A. legt die rechte Hand auf die linke Brustseite und streckt drei Finger der linken Hand emphatisch zum Himmel hinauf, die in dem sich gerade präsentierenden Vollmond wie drei schwarze Latten hineinragen. – B. erschrickt. – A. beendet seine Geste mit einer halb schnarrenden, halb röchelnden Mundsalve. – B. blinzelt verzwickt zum Mond hinauf. – Erneutes beiderseitiges Zischeln. – Endlich nähern sich Beider Lippen, und das Zischeln wird plötzlich erstickt. – Pause. – Dann Wieder-Entfernen der Lippen. – Starres Anglotzen. – B. entblößt die obere Zahnreihe. – Längere Pause. – Im 2. Akt genügen Gesticulation, Lippenannäherung und Zischeln nicht mehr. Arme und Beine werden zu Hülfe genommen. Die Bank beteiligt sich. Die Bank ist zwar todt. Trotzdem scheint ihr eine bedeutende Rolle in dem nun voll ausbrechenden Conflict zufallen zu sollen, – wie dem todten Götzen 225 im heiligen Hain, dem *deus ex machina* im letzten Akt. – Die eine Person klammert sich mit Inbrunst an die Bank fest, wie an einen Gott. Der andere Teil zetert, flucht, schäumt und wütet gegen die dritte Person des Dramas, eben gegen die Bank, in der er, wie es scheint, sein Schicksal verkörpert sieht. Sie erkracht in allen Fugen. Man hörte die erste Person wimmern. Schwarze Gliedmaßen erscheinen in der Luft und fuchteln am Mond vorbei. Arme greifen wie in höchster Extase nach den nächsten Baum-Zweigen, wie um diese als Zeugen anzurufen. – Endlich siegt die eine, – oder vielmehr die andere, – nicht die auf der Bank sitzt, – sondern die, wie soll ich sagen, die Anti-Bank-Partei. Beide Körper rollen in den Sand. Der unterliegende Teil giebt seine Sache für verloren, und unter Schluchzen, Keuchen, Poltern und

Stampfen endet die scheußliche Scene zwischen den nächsten Bäumen mit dem Siege des guten – oder bösen – Princips über das böse – oder gute. –

Ich habe Balzhähne am frühen Morgen auf mondbeglänzter Schneefläche ihre verrückten Sprünge machen sehen unter der Belustigung der ganzen um diese Zeit gerade anwesenden Tierwelt. – Ich habe geckenhaften, eingebildeten Pfauen zugeschaut, wie sie ihre aristokratischen Räder im Hofe eines reichen Nachbars schlugen. – Ich kenne das gackernde Alt-Weiber-Gekeif vollgefressener Truthennen. – Ich habe auch oft die stolzen Kreise eines erdenverspottenden Aars am Himmel oben bewundert. – Aber Adler, Truthennen, Pfaue und Balzhähne, was seid Ihr und Eure Tollheiten gegen die Schauspielerei dieser zwei Tripp-trapp-Menschen! Da laufen zwei von der Sippe Mensch bei Nacht hinaus in den Wald und führen mit einer Bank, dem Mond und drei oder vier Bäumen eine Comödie auf, und merken es nicht, halten sie für echt! Da liegt das Merkwürdige.

November.

Ich weiß nicht, es muß irgend Was los sein. Es ist nicht mehr wie früher. Die Blätter an den Bäumen werden käsgelb, fallen ab; hülflos und erbarmungswürdig strecken die Bäume ihre schwarzen, kahlen Hände gegen den Himmel; die Luft bleibt einige Schuh über der Erde hängen, wie milchiger Kleister, und rührt sich nicht mehr vom Fleck; die Vögel führen ein ängstliches Geschrei auf und halten öffentliche Beratungen über die Wohlfahrt; der Mond schaut nicht mehr so frisch vom Himmel; als hätt auch ihm einer das Gesicht mit Kleister verschmiert. Die Bächlein und Flüsse gurgeln und hauchen einen eigentümlichen Gischt aus. Auf den Wiesen sammelt sich Abends ein dicker, schweinfurtergrüner Dampf, in dem der Mond, offenbar krank, mit seinem Strahl mit Vorliebe herumrührt. Das Vieh brüllt anders, wie verzweifelt; die Gesticulationen der Menschen werden kurz und knapp; das Maul spitzig; der Lärm wird überhaupt ruhiger; Thüren werden zugesperrt; Läden zugeworfen; der Wind kommt Abends hereingestürzt mit einer Angst, als käm hinter ihm der Schrecken, der Hunger und der Tod. Es muß Was los sein in der Welt! Ich weiß nicht, es ist nicht mehr so wie früher!

November.

Da ich ein deutscher Hund bin, so versuche ich Alles, was mir vor die Augen kommt, gehörig einzuteilen, in ein System zu bringen und mir so eine Weltanschauung zu gründen. Nachdem mir der Hauptcoup gelungen, die Menschenrace in zwei große, sinnfällige Kategorieen zu bringen – Beinzeiger und Beinverstecker –, versuche ich Unterabteilungen zu Stande zu bringen. Aber ich verkenne nicht die Gefahr, die mit dieser Sucht, ein schön gegliedertes System zu erreichen, verknüpft ist. Es heißt, der erste Gedanke ist der beste. Gut! Aber der zweite ist dann gewiß der schlechteste. Weil man mit einer Einteilung Glück gehabt, meint man, die zweite und folgenden müßten auch so ausgefallen. Die erste Einteilung geschah aus inneren, zwingenden Gründen. Die zweite, weil die erste gut war. – Ich erinnere mich noch lebhaft, wie ich vor meiner ersten großen That – deren innere Schwächen Niemand besser durchschaut wie ich – gepeinigt und außer mir vor Verzweiflung durch eine nasse triefende Allée lief und fortwährend vor mich hinlallte: Wie teilst Du das Menschengeschlecht ein? Wie teilst Du das Menschengeschlecht ein? Es war ein Glück, daß ich ein kleiner Hund war, und sofort die Beine der vorüberscharwenzenden Race in Augenschein nahm. Der erste Blick zeigte mir sofort, daß dem einen Teil die Beine ganz fehlten; aber sofort erkannte ich auch, daß dies nur scheinbar; daß bei ihnen die Beine beim Gehen wohl bemerkbar werden, also nur versteckt sind; und mein System war fertig. – Eine Dogge, vermöge ihrer Größe und Blickrichtung, wäre vielleicht zu ganz anderen Schlüssen gekommen; hätte die Menschen vielleicht nach den Knöpfen, die sie vorne tragen, eingeteilt und mit solchem System eine heillose Verwirrung unter den Hunde-Intelligenzen angerichtet.

Mit solchen Gedanken war ich beschäftigt, als mir heute die Versuchung ankam, neue und weitere Unterabteilungen am Menschengeschlecht vorzunehmen, die, ich weiß, trotz aller Gegengründe sich als unabweisbares Bedürfniß einstellen werden. Ich meine, gewisse augenfällige Erscheinungen fordern direct dazu heraus. So möchte ich am liebsten eine gesticulierende, eine grinsende, eine zahnentblößende, eine pfeifende, eine zwinkernde Species annehmen; eine, die in enge niedere Stuben sich zusammenpfercht, aus kleinen Röhren dicken, grau-blauen Rauch entwickelt, und eifrig beschäftigt ist, eine braune lackirte Flüssigkeit sich in bestimmten Zwischenpausen zwischen Nase und Cravatte einzugießen; eine mit vielem Metall behängte Tripp-trapp-Species im

228

229

engsten Sinn, *stricte sic dicta*, und dergl. mehr. Die Schwierigkeit ist nur die, es läßt sich im einzelnen Fall nicht feststellen, ob ein Individuum, über einer lustigen Sonderbarkeit betroffen, dieselbe immer und habituell ausübt; wie der Krebs immer rückwärts geht, der Affe immer sich am Schwanz aufhängt, der Frosch immer die Augen verdreht. – So sah ich neulich einen Menschen höchst ernsthaft in einer Ecke stehn, die beiden Hände an den Mund halten und einen armsdicken gelbgrünen Strom in die Ecke feuern. Gleich darauf ging er fort mit demselben blöden Gesichtsausdruck, den die meisten seiner Race-Verwandten auszeichnen. Ja, giebt es mehr von dieser sich ausgebenden Species, dann thut man sie in eine Klasse zusammen, und die Sache ist fertig.

230

November.

Der Tag wird immer enger zugeschnitten. Die Nacht wälzt ihren grauenvollen, dicken Mantel immer länger und schwärzer über Gegenstände und Gefühle, Hunde und Menschen. Mit offenem Maule liegen die Leute früh in ihren Betten und wollen ihre gewohnte Charlatanerie nicht beginnen, weil ihnen der Tag nicht voll genug ist. Bei dieser Sachlage werden auch meine Eßrationen immer seltener, weil diese kostbare Race meint, je kürzer der Tag, desto kleiner werde der Magen beim Hund; ich fürchte, diese Gesammtnichtsnutzigkeit hat nun ihr Ende erreicht und eine Katastrophe kann nicht ausbleiben. Bedenkliche Vorzeichen sind schon da. Die ganze Welt ist wie abgekehrt; Alles runzelt und schnurrt ein; graues Getriebe scheint vom Himmel heranzurücken und die Welt zusammenpressen zu wollen. Die Wiesen werden schmutzig-gelb und eingeschrumpft. Den Blumen hat man die Köpfe geknickt. Die Vögel sind auf und davon. Den Mond hab ich schon so und so lang nicht mehr gesehn. Die Menschen scheinen auch zu merken, daß es ihnen an den Kragen geht. Gesenkt schleichen sie daher, und haben ihre dummen Gesticulationen eingestellt.

231

November.

Nun den Menschen ihre Possenreißerei auf der Straße, in der freien Luft vergangen, setzen sie selbe in ihren geschlossenen, ausgehöhlten Versammlungsstätten mit einer gewissen systematischen Wut fort. Heute gegen Abend lief ich mit meinem Herrn, ohne daß dieser, glaube ich, wußte, daß ich bei ihm war. Wir kamen in ein merkwürdig construirtes Haus, von dem ich noch im Zweifel bin, was ich draus machen soll. Wenn man aus einem gewöhnlichen Haus, in dem die Menschen auf die Straße herausgesticulieren, im Innern ein kreisrundes Stück, etwa wie einen runden Kuchen, herausschneidet, so daß nur die Rinde stehen bleibt, und wendet die nach der Straße zu gesticulierenden Menschen um, so daß sie nun in die schwarze Höhlung hineinschauen, erleuchtet diese Höhlung mit einigen jener glühenden Kugeln, wie sie die Menschen die ganze Zeit am Himmel auf- und abspazieren ließen, überzieht die so in ihrer Position geänderten Menschen mit den phantastischsten Ueberzügen und Körperteilen, die Wände mit grellen roten und goldigen Farben und Stoffen, und läßt die ob dieses Wechsels erstaunten Menschen die entsprechenden Gesichter und Gesticulationen machen, so hat man etwa das, was ich meine und was ich gesehen. Also hier kommen die Menschen förmlich zum Gesticulieren zusammen, hocken Kopf über Kopf in cirkelförmigen Reihen dicht bei- und übereinander, einige ihr mehliges Körper-Innere – welches ich ja schon ganz gesehen habe – in großen Flächen herauszeigend, andere die absonderlichsten Körperteile neu angeschnallt. Ich war noch in Betrachtung dieser grandiosen Tollheit befangen, als zu meinem größten Erstaunen an der innersten Seite des Hauses die Scheidewand weggenommen wurde und eine ganz neue Menschenrace auftrat mit den unerhörtesten Gesticulationen, Gesichtsverzerrungen, Gesäß- und Nackenverrenkungen; und zwar, die sie heraus zur alten Race machten, in deutlich provocierender Absicht, als wollten sie sagen: Könnt Ihr das? Diese ließ sich denn auch das nicht gefallen und antwortete mit Zahnentblößungen, Armschlenkerungen u. dgl., und halte in jedem Fall schon durch ihr numerisches Uebergewicht die beste Aussicht, zu gewinnen. Das Ding dauerte mehrere Stunden. Mir scheint, das Ganze ist überhaupt eine Fopperei. Den draußen in der Höhlung Sitzenden soll, glaube ich, weiß gemacht werden, es gebe eine Menschenrace, die noch besser gesticulieren könne als sie. Sie gehen auf den Versuch scheinbar ein, halb widerstrebend, aus Neugier, werden dann fortgerissen, überwältigt und verlieren. Wenigstens sprangen am Schluß Beinzeiger und Beinverstecker auf und hieben unter den schrecklichsten Gesichtsverzerrungen auf sich selbst los, jedes mit großem Gepatsch sich selbst durch. Gott sei Dank, dachte ich mir, endlich einmal eine Selbsterkenntniß bei einer Race, die immer nur meint, sie müsse uns Hunde durchhauen. – Mit dem größten Ekel in der Seele verließ ich dieses Täuschungsinstitut, das wohl das Aergste an Verstellung noch überbietet, was ich bisher gesehen.

December.

Herr Gott, ich glaub die Welt geht unter! – Heut Morgen. – Nun? – heut Morgen, als mein Herr das Fenster öffnete, war die ganze Welt bedeckt mit einer grieseligen, weißen, sprühenden Masse. Ringsum Todtenstille. Wir Beide blieben starr vor Entsetzen. Später als ich hinaus auf die Straße kam, und berührte diesen Todes-Brei, merkte ich erst, daß es ein ganz undefinirbares Pulver, ein Ding, das gar nicht in diese Welt gehört, sei, Etwas aus dem Jenseits. Es ist nicht dick nicht dünn, nicht schwer nicht leicht, nicht naß nicht trocken, nicht zum Essen nicht zum Trinken, ein ganz schauderöses Zeug. Bei der Berührung knirscht es stäubend zurück, und zeigt, daß es mit uns gar nichts Verwandtes ist. Nichts Hündisches, nichts Menschliches. Es gehört nicht zum Bach, zur Wiese, zum Baum. Es kann Niemandem Nutzen bringen. Höchstens alle verderben. Ich glaub, es ist ein colossales Strafgericht, das alle ersticken soll. Das weiße Zeug, glaub ich ist die *Sünde*! Die ganze weite Welt bedeckt mit der weißen *Sünde*. Und immer kommt noch mehr vom Himmel herunter. Die paar Menschen, denen ich bis jetzt begegnet, sind starr vor Entsetzen. Aha! Hat's Euch?! Ihr Schauspieler-Geschlecht, wo sind jetzt Eure Gesticulationen? Alles eingefroren und versteift! Ihr Tripp-trapp-Balanceur, wo ist jetzt Euer Gehack? Erstickt und verstummt in dem weißen Sünden-Pulver. Diese Sünden-Pasta dringt überall ein. In die Ohren, in die Nasen; in die Falten der künstlichen Ueberzüge; ich sah schon ganze Kerle, über und über vollgepudert. Ein Müller- und Melber-Geschlecht bedeckt die Erde. Und dieses kalte Grinsen im Gesicht. Und die erstorbenen Mund-Salven! Eine prachtvolle, colossale Stille, in der endlich einmal der Hund zum Denken und Ueberlegen kommt. Ich glaube, es kommt jetzt einmal an den Hund die Reihe zu herrschen; und die Menschen deckt es ganz mit der weißen Sünde zu. Wir Hunde können doch springen, und uns oben halten. Nur zu! Ich wein keinem nach! Aber auch die Vöglein, die so unvorsichtig waren, nicht zur rechten Zeit in ein besseres Jenseits wegzufliegen, sterben; traf heute einen erfrornen Spatzen. Die Bäume sehen wirklich himmelschreiend aus. Absolut nackt! Nackter, als sich ein Bein-Verstecker je ausziehen kann. Das Wasser im Bach hält an; es erstarrt vor Entsetzen. Die Wiesen, die Bäume, die Häuser, die

Menschenköpfe, die Menschenbuckel, die Hunde und Pferde, Alles weiß und bedeckt mit dem Sünden-Pulver. Den ganzen Tag sündigt's 'runter; ein unaufhörliches, rieselndes, überirdisches Geräusch. Zwar suchen sich die Menschen zu verteidigen und zu schützen; schleppen neue Körperteile herbei, die sie sich umschnallen; setzen neue Köpfe, neue Füße an; laufen in der Stadt umher, Thür auf, Thür zu, in die Vorratskammern für Körperteile, bringen neue, dicke fette Glieder heraus. Aber es hilft nichts. Die Sünde rieselt weiter; dringt ihnen zwischen Hemdkragen und Kinn hinein; schon reicht ihnen das Verderben bis an den Bauch. Es ist schon so! die Welt geht zu Grunde, und Euch holt der Teufel! –

237

December.

In der fürchterlichen Stille komme ich jetzt mehr zu mir selbst; und Gedanken der peinigendsten Art überfallen mich. Gestern Abend laufe ich zur Stadt hinaus, und mich über den Fortschritt der großen weißen Katastrophe zu orientieren. Da treff ich auf einen Hund, der ruhig hingestreckt am Weg liegt, als ging ihn die ganze Geschichte nichts an. Ich rüttele ihn; er rührt sich nicht; ich knurre, belle, gäuze; er bleibt liegen; ich beiße ihn ins Fell; ein fürchterlicher Geruch bleibt mir in der Nase. Der Hund, sagte ich mir, ist nicht mehr der Hund. Und doch war es noch der Hund. Aber etwas war doch vorgegangen. Der Hund konnte nicht mehr beißen, nicht mehr bellen, nicht mehr mit seinem Atem fragen und antworten, nicht mehr denken. Ein plötzlicher Gedanke stieg in mir empor: Jenes Denk-Wesen, jenes Tier, welches in unserem Kopfe steckt, und uns Alles befiehlt, zu riechen, zu fressen, zu laufen, auch gegen unsern Willen, hatte offenbar meinen armen Kameraden verlassen! Ein schrecklicher Jammer überkam mich. Eine schreckliche Angst. Ich blieb die ganze Nacht sitzen, um zu warten, ob das Denk-Tier schon ausgekrochen, oder wiederkehren würde. Die Bedeutung dieses geheimnißvollen Wesens wurde mir auf einmal schrecklich klar. Aus dem Maule meines armen Kameraden kamen gelbe Würmer, schauten sich hastig um, und verschwanden dann wieder im Innern. Als ich bis zum frühen Morgen gewartet, und Nichts gekommen, lief ich elend und halb kaput nach Hause, fortwährend von den elendesten Gedanken gepeinigt: Wenn das Denk-Tier, sagte ich mir, meinen Kameraden verlassen, wo ist es dann hin? Und warum muß der arme Kerl da draußen so lange liegen, und sich die Würmer im

238

Maul herumlaufen lassen? Giebt es einen Platz, wo sich die Denk-Tiere versammeln, vielleicht am Mond, und plauschend sich unterhalten, wie sie jetzt wieder einen Hundekörper gefoppt und dann elend liegen gelassen? Das ist ja ein elendes, feiges Verhältniß, wo der Eine davon läuft, wenn's ihm paßt. Und nicht einmal weiß man, wen man da am Kragen nehmen soll! Wer ist jetzt der Hund? Das fortgelaufene Denk-Tier? Dann ist das, was da draußen liegt, der Nicht-Hund! Und was wird aus dem armen Kerl jetzt? –

December.

Gleich heut Nachmittag lief ich wieder hinaus, um nach meinem armen Kameraden zu sehen. Der Gedanke unterwegs, wie erst die Menschen in diesem Zustand, wenn sie in ihren gefälschten Körperteilen dortliegen, aussehen müssen, konnte mich keineswegs tröstlich stimmen. Als ich hinauskam, flatterte eine Schaar Raben fröhlich kreischend auf. Mein armer Kamerad war zerfetzt und zerhackt; und halb aufgefressen. Das Denk-Tier hatte sich wohl längst aus dem Staube gemacht. Ich wollte meinen Kameraden verteidigen und ging auf die schwarzen Vögel los; erhielt aber einen solchen Schnabel-Hieb über den Kopf, daß ich schleunigst zurückwich.

Mit dem Hund wars also aus! Mein Kamerad verloren. Und wer hat das Alles zu Wege gebracht? Hat vielleicht mein Kamerad auch gesündigt wie die Menschen? Aber das kann er ja nicht. Er hat ja nur Hiebe bekommen. Wer hat meinen armen, guten Kameraden zerstört? frug ich immer wieder. Wer hat ihm das Denk-Tier ausgetrieben, welches ihm jetzt befehlen könnte, aufzuspringen und sich gegen diese Rabenviecher zu verteidigen? Wo ist dieses gute, treffliche Denk-Tier, dem ich vielleicht früher Unrecht gethan habe? Mond, hast Du das gethan oder zugelassen? Dann pfeif ich auf Dich! Wenn Du so für uns sorgst! Zu was bist Du unser Gott? Läßt uns so zu Grunde gehen? – Mit diesen Gedanken lief ich nach Hause. Trotz meines inneren Elends regte sich der Hunger in mir. Aber ich bekam nichts zu fressen. Mein Herr saß stocksteif am Sofa, rührte sich nicht und hatte die Hände versteckt. Ich blickte ihn an. Er that nichts dergleichen. Ich winselte. Er zwinkerte nur. Ich lief wieder fort, um mir selbst was zu suchen. Aber draußen war Alles menschenhoch bedeckt mit der weißen Sünde. Das Elend rückt immer näher. Und fortwährend rieselte es herunter. Kein Mensch auf der Straße. Und die Luft schneidend, rücksichtslos, Einen verwun-

dend. Es war, als wenn übermächtige Wesen mit großen Messern her-
unterlangten und Einem das Gesicht zerschnitten. Ich wurde trostlos.
Du guter, fetter Hund von vor einigen Monaten, rief ich innerlich, Du
hast Recht gehabt, Suppenknochen sind besser als Philosophie! Wo bist
Du jetzt, teurer Freund, ich hätte Dir fabelhafte Neuigkeiten zu erzählen.
– Aber mein Magen fing zu knurren an. Ich lief in die Stadt hinein,
um doch Etwas aufzustöbern. Endlich entdeckte ich an einem niedern
Haus unten an Haken aufgehängt, wie vor einer Vorratskammer,
prächtige frischrote Fleischbrocken von beträchtlicher Größe und da-
hinter in der Thüre einen Menschen in weißer Schürze. Schnell ent-
schlossen sprang ich hinauf, riß eines der Stücke los und lief davon.
Hinter mir Toben und Geschrei. Aber die weiße Sünde hinderte sie
am Laufen. Ich sprang lustig drüber weg, während meine Verfolger
elend erstickten. – Gleich lief ich hinaus zu meinem armen Kameraden
in der Hoffnung, ich könnte ihn noch retten; in der Hoffnung, das
Denk-Tier, das ihn verlassen, vielleicht gefräßig und blutgierig, komme,
durch den Geruch meines Fleischstückes angelockt, zurück, söhne sich
mit meinem Kameraden aus und mache ihn wieder lebendig. Als ich
hinauskam, waren die Raben fort und mein Kamerad aufgefressen bis
auf die Knochen. Ich warf ihm das Fleisch hin. Vergebens. Ich legte es
an den Mund, damit das Denkwesen zurückkehre. Umsonst. In diesem
Augenblicke kam mir der entsetzliche Gedanke, daß ich auch ein Hund,
und daß dieses Denk-Tier, wenn ich nicht brav sei, mir im nächsten
Augenblick davonrennen könne. Es war zum Verzweifeln. – Es war
schon ganz dunkel geworden. Unaufhörlich rieselte die Sünde hernieder.
Kein Mond ließ sich sehen. Die ganze Welt schien weiß und verstorben.
Die Luft senkte sich wie mit Mauerhärte herunter. Ich ließ mein Fleisch
liegen und ging nach Hause. – Mein Gott! rief ich innerlich, ist das
unser Loos? Wir keifen uns das ganze Leben herum und beißen und
bellen und fressen und sind lustig auf Kommando, bis dieses geheimnißvolle Tier in unserem Kopfe genug hat und nicht mehr mag und
davonläuft. Und dann gehen wir zu Grund. – Ich wollte das Menschen-
Geschlecht einteilen und ihre kuriosen Sonderbarkeiten untersuchen
und sie verlachen und bin nur ein armer, kleiner Hund, der vielleicht
bald krepiert.

Schluß

Das Verbrechen in Tavistock-Square

Hüten wir uns, immer nur allein den Menschen schuldig zu
finden; überall, in der gesammten Natur, steckt, unter einem
feinen Schleier verborgen, die *Sünde.*

Swedenborg

Vor zehn Jahren etwa sandte mich mein Vater, der mich in der englischen Rechtspflege sowohl, als in der englischen Sprache ausgebildet
zu sehen wünschte, nach London. Durch einige Empfehlungsschreiben,
die nicht ganz ohne Einfluß waren, gelang es mir, in den Schutz eines
Staats-Secretärs im Justiz-Ministerium zu gelangen, der, wie ich wohl
wußte, vortreffliche Beziehungen zum Minister selbst unterhielt: –
»Junger Mann! – sagte der Erstgenannte am Schluß einer Audienz zu
mir, – ich weiß, daß Sie als Deutscher vor allem nach Bildung streben,
und da Sie die niedere Gerichts-Praxis in erster Linie bei uns kennen
lernen sollen, so habe ich Sie an *Sir Edward Thomacksin,* den Vorstand
der *metropolitan police-station* in der *Marylebone-Street,* verwiesen.
Lassen Sie sich die *paar* Schrullen des alten Herrn nicht kümmern; er
ist ein Mann von gründlichem Wissen, kennt ein wenig Ihre Verhältnisse drüben, und Sie werden dort in der kürzesten und einfachsten
Weise das Verfahren unserer niederen Rechtspflege kennen lernen
können. Und damit leben Sie wohl!« – Ich verbeugte mich, und die
Audienz war zu Ende. – Für den, der die englischen Verhältnisse nicht
näher kennt, möchte ich nur kurz bemerken, daß jedes Reat in England,
das einfachste und schwerste, das Vergehen und Verbrechen, zunächst
vor die *police-station* des betreffenden Bezirks gebracht wird; und dort
wird entschieden, ob es sich zu eigener Behandlung eignet, oder vor
den höheren Gerichtshof, den *justice-court,* unser Schwurgericht, gebracht werden muß. Ist es einfacher Natur, so wird es sofort abgeurteilt
und damit die wichtige Frage entschieden, ob der Thäter verhaftet oder
auf freiem Fuß behandelt werden kann. Ist es schwererer Natur, so
wird der Thäter meist sofort in Haft behalten, und das Ganze dem
höheren Gerichtshof hinübergegeben.

Mr. Edward Thomacksin – oder wie man dort drüben sagt, *Sir Edward* – war ein Original im besten Sinn des Worts. Dieser Mann war für mich eine Fundgrube für den englischen Charakter weit mehr als für die englische Gerichtsbarkeit, die, ich darf wohl sagen, nach vierzehn Tagen mich nicht mehr interessirte, als die Gerichtsbarkeit irgend eines anderen Landes. Er war ein langer, ausgemergelter Mensch mit glattrasirtem Gesicht, mit dünnem, schnappenden Fisch-Maul, einer langen, großlöchrigen Nase und grau-blauen vigilirenden Augen, die einen heißen, stets paraten Gedankenschatz hinter sich hatten. Immer in dem gleichen, alten, abgeschabten schwarzen Rock erscheinend, war sein ganzes dienstliches Bestreben, weniger nach Recht und Gerechtigkeit zu urtheilen, als Material für seine speciellen Ansichten und Bestrebungen hinsichtlich der Anlage und Erziehungsfähigkeit des menschlichen Herzens zu sammeln. Dieser rein immaterielle Gesichtspunkt ließ ihm manche Willkür in seinem Dienst entschuldbar erscheinen. Er war Inquisitor. Und nicht die Strafe eines Menschen zur Besserung war ihm so wichtig als die Analyse der innersten Triebfedern einer Persönlichkeit. Als ich ihm zum erstenmal meine Aufwartung machte, schaute er mich fast grimmig einige Minuten starr an, und sagte dann lauernden Blicks, zögernd und mit scharfer Betonung: »Ich weiß nicht, ob Ihr Auge, mein junger Freund, genügend reinen Sinn verspricht, um der moralischen Aufgabe, die Ihrer hier wartet, gewachsen zu sein!« – Diese erste Ansprache machte mich nicht wenig perplex, und die nächsten Tage brachten dann noch mehr derartige Ueberraschungen. Doch bald hatte ich mich an die Eigenthümlichkeit seiner Ausdrucksweise gewöhnt. Mit der Offenherzigkeit, die den Engländer auszeichnet, hatte er mich im Lauf der ersten Wochen in seine gesammten Anschauungen eingeweiht. Er war Swedenborgjaner. Er glaubte an einen fortschreitenden Reinigungs-Prozeß der Menschheit bis zur endlichen Gottähnlichkeit. Er hatte aber seine höchst persönlichen Meinungen und Vorschläge zur Erreichung dieses Ziels. Nach ihm war es vor allem die Wollust und was drum und dran hing, die ihm auf dem Wege zur angestrebten Vergeistigung der Menschheit im Wege stund. Die »lust«, wie er es nannte, war das Ziel seiner Vernichtungspläne. Wenn er das Wort »lust« aussprach, gewann sein Gesicht einen unsäglich harten, wilden Ausdruck; mit den grauen erbarmungslosen Augen schaute er wie mit Marbelsteinen zu mir herüber und die geöffneten Lippen zeigten die Härte eines Henkers. – »Junger Mann! – sagte er mir eines Tags in einer

Stunde vertrautesten Gesprächs, in dem er mir seine letzten Gedanken mitzutheilen schien, – wenn ich den Wollust-Faktor aus dem Calcül der Menschen – Erzeugung eliminiren könnte, dann hätten wir gewonnen. Swedenborg war ein braver Mann; aber seine Ziele hingen in der Luft; das intensivste Mittel zur Erreichung höchstmöglicher Gottgleichheit glaube ich constructionsweise am sichersten angedeutet zu haben; ich bin jetzt nahe an die Siebzig und halte meine Lebensaufgabe für vollendet, wenn ich weiß, daß meine Mitmenschen den von mir gewiesenen Pfad betreten. Wir müssen die »*lust*«, den bestialischen Componenten aus dem Zeugungs-Akt entfernen, ohne die Fortpflanzung selbst zu stören; durch diese zwei engen Felsen muß der Weg gehen ... Studieren Sie, junger Mann, studieren Sie, um unser Ziel zu erreichen! Meine mathematische und naturwissenschaftliche Bibliothek steht Ihnen außer meinen sämmtlichen Manuscripten zur Verfügung.« – Im Uebrigen war *Mr. Thomacksin* ein milder, freundlicher Mann von der größten Herzensgüte. Ueber alle Delicte konnte er mit der größten Nachsicht hinweggehen; aber wehe, wenn ein Fall das sexuelle Leben oder dessen Ausschreitungen betraf! Hier ließ er die volle Gesetzesstrenge walten, und, ich glaube, er ging sogar über das gesetzlich zulässige Maaß hinaus. Diebe behandelte er mit rührender Nachsicht. Wer einen Leib Brod gestohlen hatte, ging straflos aus, wofern er nur arm war. »Er hat Recht! – sagte er mir einmal während der Gerichtssitzung, als er einen Brod-Dieb aus der *Mincing Lane* nicht nur frei sprach, sondern ihm noch ein Geldgeschenk machte, – er hat ganz Recht; er muß doch leben und essen, weil er sonst nicht denken kann; und um besser zu werden, muß er doch zunächst vorzüglich denken! Er hat ganz Recht! Warum backen die Bäcker ihre Brode mit so verlockender Rinde! Es war mir lieb, daß er einen feinen Laden erwischt hat.« –

162   Bevor ich auf den curiosen Fall, den die gegenwärtige Erzählung zum Gegenstand hat, näher eingehe, muß ich noch mit wenigen Strichen eine Persönlichkeit aus der Umgebung des *Sir Edward* zeichnen, die zwar eine untergeordnete Stellung im Polizeiwesen, aber keine untergeordnete Rolle in der vorliegenden Episode inne hat. Jonathan war unter dem niederen Polizei-Personal, das den Aufsichtsdienst in dem betreffenden Bezirke zu besorgen hatte, ein feiner, junger, blonder Bursche, von delicatem Aussehen, mit großen leuchtenden Augen, einer mädchenhaften, einschmeichelnden Stimme, weißen, schön gebauten Händen, kurz von jener Sorte Menschen, die sich auf den ersten Anblick

als aus besserem Menschenmaterial gebaut erweist, und der auffällig gegen die übrigen Polizisten roheren Schlags abstach. Wie ich hörte, hatte *Sir Edward* den jungen Mann aus einer nebensächlichen Lebensstellung veranlaßt, in seinem Sprengel als policeman Dienst zu nehmen. Thatsache war, daß mein Chef dienstlich mit Niemanden lieber verkehrte, als mit Jonathan; und daß dieser, dessen Lebens-Gewohnheiten gänzlich von denen der Leute niederer Gattung abwichen, nur dadurch sich bei seinen Kameraden zu halten vermochte, daß er durch seine Fürsprache bei *Sir Edward* diesen manche dienstliche Vortheile und Erleichterungen verschaffte, die sonst sicher ausgeblieben wären. Und wenn ich einer inneren Empfindung Gehör gab, so schien es mir, als sei Jonathan nicht nur ein gehorsamer und pflichtgetreuer Untergebener, sondern hätte auch mit einem gewissen Enthusiasmus die eigenthümlichen Anschauungen seines Herrn in sich aufgenommen.

Es mochten wohl sechs oder acht Wochen her sein, daß ich den Vorgängen in den Gerichts-Zimmern der *Marylebone-Street* tagtäglich mit großem Interesse gefolgt war. Weniger der schwierigen Rechtsfragen wegen, die etwa hier unter den großen und kleinen Bagatellen einer Groß-Stadt-Vagabondage zum Austrag kamen, als wegen der originellen Entscheidungen, die mein Chef oft entgegen der allgemeinen Meinung und den Vorschriften der Gesetz-Bücher zu treffen sich erlaubte. Und nicht selten hatte ich Gelegenheit, über den feinen Instinkt und den großen Scharfsinn des *Mr. Thomacksin* zu staunen, der namentlich verstockte und sich auf's Läugnen verlegende Missethäter mit einer ganz bestimmten, nie fehlenden, sicheren Methode zu entwaffnen verstand. – Meist konnte man schon aus den Gesichtern der Polizisten und den im Vorzimmer unter ihnen geführten Reden auf die Art des Falles schließen. Denn dort, im Vorzimmer, gab meist der jeweilig Meldung Thuende, oder frisch von einem Patrouliergang Zurückkehrende, seinen Kameraden mit wenigen Schlagworten die criminelle Neuigkeit kund; und dort waren meist einige ältere Sergeanten, die ein unfehlbares Urtheil über die Person des Vorgeführten im Zusammenhang mit dem Thatbestand abgaben; derart, daß wenn die Vorführung vor *Sir Edward* endlich stattfand, bereits eine Art Stimmung, eine Art Dunstkreis um den unsichtbaren, und der Aufklärung bedürftigen, Kern des verzwickten Vorfalls sich gebildet hatte. – *Mr. Thomacksin* und ich waren eines Nachmittags im Gerichtszimmer im eifrigen Gespräch begriffen, wie immer, wenn Nichts Neues und Wesentliches vorlag, und die Bureau-Zeit noch nicht abgelaufen war. Es war um Frühlings-Sommer-Wende. Aber es wurde noch früh dunkel. Und die Gasflammen, bedeckt mit riesigen Schirmen, die den Chef wie den Meldethuenden in dunkle Schatten warfen, waren gerade angezündet worden. Mein Chef hatte wieder sein altes Thema vorgenommen: Swedenborg, seine guten Ideen, aber seine Halbheiten, sobald es sich um Ausführungen handelt; vollständige Unklarheit hinsichtlich der Mittel und Wege, die er, *Mister Edward Thomacksin*, nach gründlichen Studien auf's Präciseste angegeben. »Schneiden Sie sie aus, die Wollust, diesen Dorn, an dem sich Alle blutig ritzen, und Alles wird gut gehen«, – rief er mit Emphase aus, und begann ein längeres Capitel aus Darwin zu citiren, wonach eine Funktion, die durch Jahrhunderte langes Gehen-Lassen ungeahnte Dimensionen angenommen, innerhalb weniger Jahrzehnte durch plan-mäßiges Ersticken ausgerottet werden könne.... In diesem Augenblick drang verworrenes Gemurmel aus dem Vorzimmer zu uns herüber. *Don't! Don't! Don't! Tell us stories! Don't slander!* ... Etwa: Um Gotteswillen, Freund, halt ein! Schwätz keinen Unsinn! Hör' auf! ... In der Art schienen sich die Meinungen zwischen einem und dem Rest der Polizisten hin und her zu schieben und auszugleichen. Mein Chef runzelte die Stirn wegen der Störung. Endlich ging die Thüre auf, und Jonathan in vorschriftsmäßiger Ausrüstung mit dem schwarzen Tuch-helm, dem Handpickel im Gürtel, und die Blendlaterne in der Hand trat ein. *Sir Edward* wandte sich um. Gegen Jonathan war er immer milder, als gegen die andern. – »Was ist los?« – rief er; dann hinzufü-gend: – »Ich habe hier mit meinem jungen Freund Wichtiges zu bespre-chen; stört mich nicht mit Kleinigkeiten! ... Hat wieder Einer in eine falsche Hosentasche gelangt?« ... – »No Sir!« – sagte Jonathan in tiefer Erregung, – »es hat sich etwas außerordentliches zugetragen!« – *Sir Edward* wandte sich jetzt dem Sprecher voll zu. Der Brustton, mit dem der Polizist sprach, und das Fibrirende in seiner Stimme waren Symp-tome, die einem Menschenkenner, wie meinem Chef, nicht entgingen. – »Wo kommt Ihr jetzt her, Jonathan?« frug der Beamte. – »»Ich komme von meiner Privatwohnung, *Sir*, – antwortete der junge Mann, – ich habe den ganzen Tag gezaudert und überlegt, ob ich meine Beob-achtung von vergangener Nacht amtlich mittheilen soll, – aber das Vertrauen auf Euer Lordschaft, – das Vertrauen auf Eure Weisheit, *Sir*, – und meine Pflicht, – ich mußte es zur Anzeige bringen.«« – »Was ist passiert? Heraus mit der Sprache!« rief *Mr. Thomacksin*, und setzte sich in Positur. – Draußen im Vorzimmer hörte man leises Gemurmel und unterdrücktes Gekicher. – »»Sir, – begann Jonathan, – als ich gestern Nacht auf meiner Runde durch *Tavistock - Square* kam, und meine Blendlaterne durch die Zweige gleiten ließ, sah ich, wie soll ich es nennen, – es ist nicht zum sagen, *Sir* ....«« – »Hol Dich der Henker mit Deiner Laterne, wenn Du Nichts gesehen hast!« – »»Ich hab' etwas gesehen!«« – »Was hast Du gesehen?« – »»Es war im südlichen Eck des Parks, wo eine Gruppe Rosen und Magnolen beieinander stehn!«« – »Was war dort los? Hast Du Jemand drunter gesehen?« – »»Ich habe Niemand drunter gesehen, *Sir,* die Gruppe stund frei.«« – »Beim Henker, was war denn dann dort los?« – »»*Sir, es* drang Gekicher aus den Hecken!«« – »Es drang Gekicher aus den Hecken? Gut, hast Du die Kichernden erwischt?!« – »»Nein, *Sir!*«« – »Wollt' es Dir auch nicht rathen, Johny! Jedermann darf in England unter Rosen und Magnolen kichern, wenn er welche hat.« – »»Sir, es war nicht das! Es war kein menschliches Gekicher; es war etwas Verdächtiges, und glänzende Stoffe fielen aus den großen Magnolenkelchen zur Erde, und ein unkeuscher Geruch verbreitete sich; ein Blitz, *Sir,* fuhr mir gleich durch den Kopf!«« – »Jonathan, ich verstehe Dich nicht. Besinne Dich, was Du sprichst!« – Der Polizist stund fibernd vor Erregung; seine Augen strahlten; in dem rohen, schwarzen Polizeikittel stund der blonde, zarte Mensch dort wie ein junger Prediger. – »»*Sir, es* war ein unbegreiflicher Vorgang!– fuhr der Polizist weiter, – ich kann vielleicht nicht Alles angeben, um meine Meinung zu stützen..««, – »Nenn' mir Deine Meinung, Jonathan, – und laß die Einzelheiten!« – Der Polizist rang im Zwang mit sich selbst und fuhr heraus: »»Ich kann nicht!«« – »Du kannst mir ruhig Deine Meinung sagen, Jonathan« – sagte *Mr. Thomacksin.* – »»*Sir,* die englische Sprache ist nicht ausreichend um die Scheußlichkeit zu umfassen!«« – *Sir Edward* wandte hier den Kopf zu mir herüber und zeigte mir die zwei entblößten Reihen Zähne, dann fügte er leise hinzu: »Sehen Sie, solche Leute haben wir! Welche classische Ausdrucksweise! Ein wunderbarer Kerl! Wie? ... Ich habe ihn mit Mühe herangezogen ... dann laut zu Jonathan gewendet, – also mein Junge, jetzt frisch, sag' mir, was Du gesehen hast!« – »»*Sir* – fieberte der junge Polizist weiter, – es war unter den Rosen und Magnolen...«« – »Das weiß ich schon, Jonathan; was geschah denn?« – »»... Bewegungen, wie sie ... Polizisten oft Nachts auf der Pritsche machen ...«« – »Johny, – sagte mein Chef mit väterlicher Milde zu seinem Untergebenen, – Locomotiven machen bestimmte Bewegungen, und Polizisten machen wieder besondere Bewegungen Nachts auf der Pritsche; das Alles ist kein Maaßstab, Du mußt Dich präciser ausdrücken. Was hast Du gesehen?« – »»Sir, – es war zum Grausen; es war ein Verbrechen wider die Natur; ich stund wie angewurzelt; ich konnte mir nicht helfen!«« – »Hast Du denn Deine Pfeife nicht gezogen?« – »»Sir, – da war nichts zu pfeifen!«« – »Du konntest doch immerhin pfeifen!« – »»Sir, – es war kein Fall zum Pfeifen!«« – »Aber bei der Merkwürdigkeit des Vorfalls, wie du sagst, war es doch immer gerathen, durch die Pfeife Deinen Kameraden an der nächsten Ecke wenigstens zu avertiren!« – »»Sir, – der Vorfall war so wenig nach der Richtung geeignet, daß er die Möglichkeit der Anwendung der Pfeife direct ausschloß!«« – »Johny, paß auf: Die Geneigtheit des Vorfalls steht doch in keinem Verhältnis zu der Möglichkeit der In-Bewegungsetzung der Pfeife!« – »»Sehr wohl, Sir, – die Möglichkeit des Pfeifens war nicht ausgeschlossen; aber ich hielt einerseits den Gegenstand nicht für werthvoll genug, um mir durch die Pfeife materiellen Beistand zu sichern; andererseits ging er doch wieder weit über die Bedeutung des Pfeifens hinaus; mit anderen Worten, er war *extraordinary,* aber nicht gefahrdrohend; – abgesehen davon wäre mir der Ton beim Versuch in der Kehle stecken geblieben«« .

– Hier wandte mir der Richter wieder sein Gesicht mit jenem eigenthümlichen Zuge zu, wobei er die beiden Reihen Zähne entblößte, leise bemerkend: »Es ist ein Prachtkerl! Der Bursch paßt zum Theologen, zum Sophisten, zum Swedenborgjaner, zu Allem. – Ich halte seine Carriere noch nicht für abgeschlossen. – Haben Sie ähnliches in Deutschland?« – Ich verneinte kopfschüttelnd. – *Sir Edward* fuhr dann laut zum Polizisten gewandt weiter: »Also, Johny, gepfiffen hast Du nicht, so viel scheint festzustehen; jetzt mach Deine Sache kurz, und sag' uns, was du gesehen hast?« – »»Sir, – ich muß darauf zurückkommen, was ich schon gesagt, es.....«« – »Was Du bis jetzt gesagt, – unterbrach der Richter, – ist gar nichts; da wird keine Katz' klug. Du mußt uns den Fall in seiner Materie auseinandersetzen; Du mußt uns vor allem die Spitzbuben nennen!« – »»Sir, – um Spitzbuben in dem gewöhnlichen Sinne dieses Worts handelte es sich hier nicht.«« – »In welchem Sinne denn?« – fügte mein Chef gleich mit Nachdruck hinzu. »»Im Sinne des Großartig-Unmenschlichen!«« – Wieder Kopfbewegung von *Sir Edward* zu mir herüber, und die Flüster-Bemerkung: »Das ist Swedenborg!« – Laut: »Warum gingst Du denn nicht auf die Sache los?« – »»Ich fürchtete sie zu stören, *Sir.* Ich wollte die vollendete Scheußlichkeit erst constatiren!«« – »Welche Scheußlichkeit?« – »»Das weiß ich nicht!«« – »Worin bestand sie?« – »»Es waren Tollheiten««. – »Was für Tollheiten?« – »»Es waren Berührungen, *Sir,* – rief der Polizist und holte tief Athem, – wie sie vor Gott und der Welt nicht erlaubt sind, es waren Liebkosungen, Entblößungen, Entleerungen, es war ein Gekicher, ein Schleifen, ein Von-sich-Geben, ein Umranken, eine Art Küssen.... ein Küssen, *Sir,* –...«« – »Ja, in drei Teufel's Namen, hast Du denn Niemand gesehen? Zogst Du nicht Deine Blendlaterne heraus?« – »»*Sir, es* war Niemand da. Die Rosen und Magnolen waren unter sich. Auch waren die Geräusche und Berührungen nicht menschliche««. – »Nicht menschliche?« – frug mein Chef, – »ja, was war es dann?« – »»*Sir,* – schrie und schluchzte der junge, fanatische Polizist, – die Rosen und Magnolen im *Tavistock Parc* trieben *Selbst-Befleckung,* – es war veritable *Pflanzen-Onanie!*«« –

In diesem Moment sprang *Mister Edward Thomacksin,* Vorstand der *police-station of Marylebone – Street,* wie von einer Tarantel gestochen in die Höhe. Einen Augenblick starrte der alte, ausgemergelte Mann, der, wie mir schien, in seinen Erwägungen hinsichtlich der Angaben des jungen Jonathan sich in einer ganz andern Richtung bewegt hatte, mit glasigen Augen den kühnen Polizisten an. Dann, als er sah, daß hier keine Illusion mehr möglich, streckte der verzweifelte Swedenborgjaner krampfhaft die Hände empor und mit einer veränderten heulenden Stimme, wie ich sie niemals von ihm gehört, schrie er zur Decke hinauf; »*Lord, holy Lord,* wende ab Dein Aug von der Schöpfung! Das scheußlichste Verbrechen haben jetzt die Rosen, die keuschesten Blumen, glücklich den Menschen abgeguckt. Lord, sie warten nicht mehr auf Deine Erlaubnis für den infernalen Akt. Du hast ihnen die Fähigkeit verliehen sich zu vermehren. Aber das genügt ihnen nicht. Sie wollen um jeden Preis sündigen. Lord, schicke eine neue Sündfluth, und verderbe Deine Schöpfung, oder die Welt geht aus ihren Fugen!« – Dann stürzte *Thomacksin,* dessen Gesicht wie Mörtel geworden war, schluchzend zusammen, und mußte fortgetragen werden. –

Ich kam bald nach diesem Vorfall von London weg, und hatte die Affaire wohl schon vergessen. Erst mehrere Jahre später bekam ich durch Zufall Gelegenheit, mit einem Freund mich über Londoner Neuigkeiten zu unterhalten. *Sir Edward, so* hörte ich, bekam bald eine höchst einflußreiche und wohl dotirte Ober-Richterstelle und befand sich sehr wohl. Er war auch sehr dick geworden. Nur der arme Jonathan

kam in's Irrenhaus.

Biographie

1853   *12. November:* Oskar Panizza wird in Bad Kissingen in Franken als sechstes Kind des Hoteliers Carl Panizza und seiner auch schriftstellerisch tätigen Frau Mathilde, geb. Speeth, geboren. Er wird katholisch getauft.

1855   *26. November:* Panizzas Vater stirbt an Typhus. Die Mutter führt das Hotel »Russischer Hof« allein weiter.
Nach dem Willen der Mutter werden alle Kinder protestantisch. Von der katholischen Kirche angefeindet und verfolgt, verläßt die Mutter mit den Kindern Bad Kissingen und geht nach München.
Verurteilung und Geldstrafe, Bestellung eines katholischen Vormunds für drei Kinder, die die Mutter vor der katholischen Kirche versteckt.

1860   Erster privater Unterricht.
Die Mutter bestimmt Panizza zum Geistlichen.
Ein Sturz vom Hochrad im Kindesalter führt zu einer zeitlebens anhaltenden Gehbehinderung.

1863   Panizza, der schwer lernt, wird auf das private pietistische Knabeninstitut der Brüdergemeinde in Korntal geschickt, um auf das Gymnasium vorbereitet zu werden.
Strenge religiöse Erziehung.

1868   Konfirmation.
Herbst: Schulwechsel auf das Gymnasium nach Schweinfurt.
Erster Klavierunterricht.

1870   Panizza wechselt auf ein Gymnasium in München. Schlechte Leistungen in der Schule.
Fortsetzung der musikalischen Ausbildung. Panizza hat den Wunsch, Sänger zu werden.

1871   *Winter zu 1872:* Mathilde Panizza nimmt den Sohn in München in ihre Obhut.

1872   Panizza verläßt das Gymnasium ohne Abschluß und besucht unregelmäßig die Handelsschule. Er erhält Privatunterricht.
Besuch der Gesangsklasse des Konservatoriums in München.

1873   *Mai:* Von der Mutter gezwungen, beginnt Oskar Panizza eine Lehre beim Bankhaus Bloch in Nürnberg.

August: Wegen schlechten Benehmens wird er aus der Lehre entlassen.

Herbst: Einjährig-Freiwilliger beim III. Bayrischen Infanterie-Regiment. Die Warnungen seiner Mutter vor den Konsequenzen halten ihn von der Desertion ab.

Erste literarische und kompositorische Versuche.

1874 *Herbst:* Entlassung aus dem Militärdienst und Rückkehr nach München aufs Konservatorium mit dem Wunsch, Berufsmusiker zu werden.

Herbst: Panizza erkrankt an der Cholera.

Gasthörer an der Universität, wo er philosophische Vorlesungen besucht.

Panizza ändert seine Pläne: Er will das Abitur nachholen und studieren.

1876 Erneuter Besuch eines Schweinfurter Gymnasiums.

Herbst: Glänzendes Abiturexamen.

Wintersemester: Beginn des Medizinstudiums in München.

1878 *Frühjahr:* Reise nach Italien. Vermutlich hier infiziert er sich mit Syphilis.

1880 Er promoviert mit dem Prädikat »summa cum laude« zum Dr. med. und erhält seine Approbation.

Militärarzt der Reserve in München.

Reisen nach England und Frankreich. Studium der französischen Literatur, insbesondere der Dramatik.

1881 Halbjähriger Aufenthalt in Paris.

1882 Rückkehr nach München.

Panizza wird Assistenzarzt in der Oberbayerischen Kreisirrenanstalt unter Prof. Dr. Bernhard von Gudden.

Depressive Gemütserkrankung.

1884 Aus gesundheitlichen Gründen und wegen Differenzen mit dem Vorgesetzten kündigt Panizza seine Stelle als Arzt.

Er wendet sich endgültig der Literatur zu.

Herbst: Fortan erhält Panizza eine ihm aus dem Familienerbe zustehende jährliche Rente von 6000 Mark.

1885 Erste literarische Publikation: »Düstre Lieder« (Gedichte).

Panizza läßt sich als praktischer Arzt in München nieder, gibt aber schon nach kurzer Zeit die Praxis wieder auf. Von nun an lebt er ausschließlich von seiner Rente.

Herbst: Reise nach London, wo er sich bis zum Oktober 1886 aufhält.

1886 Literarische Studien im British Museum.

1887 »Londoner Lieder« (Gedichte).

1889 Zeitweiliger Aufenthalt in Berlin.

»Legendäres und Fabelhaftes« (Gedichte).

Panizza studiert die italienische Sprache und Literatur und reist nach Italien.

1890 Panizza verkehrt im Kreis der Münchner Modernen um Michael Georg Conrad.

»Dämmerungsstücke« (Erzählungen).

Beginn der journalistischen Tätigkeit, die für Panizza bis 1902 von herausragender Bedeutung bleibt.

1891 Panizza wird Mitglied der naturalistischen »Gesellschaft für modernes Leben« unter der Führung von Michael Georg Conrad.

20. März: Panizza hält in diesem Kreis seinen Vortrag »Genie und Wahnsinn«. Da er den von den Gegnern der »Gesellschaft« verlangten Austritt ablehnt, wird er aus dem Militärarztverhältnis entlassen.

Die Veröffentlichung seiner »englischen Erinnerung« unter dem Titel »Das Verbrechen in Tavistock-Square« hat eine Anklage gegen Panizza wegen »Vergehens gegen die Sittlichkeit« zur Folge, die jedoch zurückgezogen wird.

1892 »Aus dem Tagebuch eines Hundes« (Satire).

1893 »Visionen« (Erzählungen)

Unter dem Pseudonym Bruder Martin O.S.B. veröffentlich Panizza die satirische Schrift »Die unbefleckte Empfängnis der Päpste«, die umgehend verboten und beschlagnahmt wird.

1894 Erste dramatische Publikation: »Der heilige Staatsanwalt« (Komödie).

»Der deutsche Michel und der römische Papst«, eine antikatholische Kampfschrift, erscheint.

Herbst: »Das Liebeskonzil. Ein Himmelstragödie in fünf Aufzügen« wird veröffentlicht.

1895 »Das Liebeskonzil« wird verboten und beschlagnahmt. Gegen Panizza wird Anklage wegen Gotteslästerung erhoben.

30. April: Verurteilung zu einem Jahr Gefängnis wegen Vergehens gegen die Religion. Ärztliche Bemühungen, Panizza für unzurechnungsfähig zu erklären, scheitern.

8. August: Haftantritt in der Strafanstalt Amberg.

Theodor Lessing publiziert die Schrift »Der Fall Panizza – eine kritische Betrachtung über ›Gotteslästerung‹ und künstlerische Dinge vor Schwurgerichten«.

»Der Illusionismus und die Rettung der Persönlichkeit«, eine individual-anarchistische, unter dem Einfluß Max Stirners verfaßte Schrift, erscheint.

11. Oktober: Uraufführung des Einakters »Ein guter Kerl« in Leipzig. Es bleibt das einzige Stück Panizzas, das zu seinen Lebzeiten aufgeführt wurde.

1896   *8. August:* Entlassung aus der Haft.

Oktober: »Abschied von München«. Das Werk wird verboten und beschlagnahmt, Panizza wird steckbrieflich verfolgt.

16. Oktober: Emigration nach Zürich.

1897   »Meine Verteidigung in Sachen ›Das Liebeskonzil‹«.

Juni: Gründung des eigenen Verlags und der Zeitschrift »Zürcher Diskußjonen«. Panizza veröffentlicht darin u.a. seine während der Haft geschriebenen »Dialoge im Geiste Huttens« und den Essay »Christus in psichopathologischer Beleuchtung«.

1898   »Psichopatia Criminalis« (politische Satire).

»Nero« (historische Tragödie).

27. Oktober: Panizza wird wegen des Umgangs mit einer minderjährigen Prostituierten, tatsächlich aber wohl aus politischen Gründen, aus der Schweiz ausgewiesen.

21. November: Umzug nach Paris.

1899   Von Paris aus setzt Panizza die Zeitschrift »Zürcher Diskußjonen« fort.

Dezember: Die Gedichtsammlung »Parisjana. Deutsche Verse aus Paris« wird wegen Majestätsbeleidigung (Wilhelms II.) in Deutschland beschlagnahmt und löst eine internationale Fahndung nach Panizza aus.

1900   *10. März:* Panizzas in Deutschland befindliches Vermögen wird durch die bayerischen Behörden beschlagnahmt. Panizza ist nun mittellos.

Erstes Auftreten der von ihm selbst als solche diagnostizierten Halluzinationen.

1901   *13. April:* Aufgrund seiner Mittellosigkeit reist Panizza nach

München und stellt sich den Behörden. Er wird verhaftet.

22. Juni – 3. August: Zur Untersuchung seines Geisteszustands wird Panizza in der Münchener Kreisirrenanstalt untergebracht.

28. August: Haftentlassung ohne Angabe von Gründen. Ein ärztliches Gutachten erklärt Panizza hinsichtlich des Verfassens der »Parisjana« für unzurechnungsfähig.

Rückkehr nach Paris. Panizza fühlt sich schweren seelischen und körperlichen Belastungen ausgesetzt.

1902   Die letzten Ausgaben der »Zürcher Diskußjonen« erscheinen. Damit endet Panizzas publizistische Tätigkeit; er schreibt jedoch noch bis 1904 zahllose Artikel für seine nicht mehr existierende Zeitschrift.

Verschärftes Auftreten verschiedener Halluzinationen. Panizza glaubt sich von Kaiser Wilhelm II. und dessen Mittelsmännern in den Wahnsinn getrieben.

Zunehmende Isolation.

1903   Panizza arbeitet an »Imperjalja« (bis April 1904, unveröffentlicht), einer der internationalen Presse entnommenen Aufzählung von Schwerstverbrechen, die Wilhelm II. direkt oder indirekt begangen und zu verantworten habe.

1904   *23. Juni:* Nachdem die Halluzinationen eine unerträgliche Intensität erreicht haben, verläßt Panizza Paris und reist nach Lausanne, dann nach München, wo er sich für zehn Tage freiwillig in eine private Nervenklinik begibt.

20. Juli: Panizza bezieht in München ein Zimmer.

9. Oktober: Selbstmordabsicht.

19. Oktober: Panizza läuft nur im Hemd bekleidet durch München und provoziert damit seine Einweisung in die psychiatrische Klinik.

1905   *Februar:* Panizza wird in die Bayreuther Heilanstalt St. Gilgenberg eingeliefert.

28. März: Panizza wird gegen seinen Willen entmündigt.

Er setzt seine literarische Tätigkeit fort.

1906   *7. November:* Datum der letzten schriftlichen, erhaltenen Äußerung Panizzas.

1908   *März:* Einweisung in das Luxussanatorium Herzogshöhe bei Bayreuth.

1914   »Visionen der Dämmerung«, eine Sammlung bereits früher veröffentlichter Erzählungen, erscheint ohne Panizzas Wissen.

1915 *13. August:* Tod der Mutter Mathilde Panizza.

1921 *28. September:* Oskar Panizza stirbt im Sanatorium Herzogshöhe an einem Schlaganfall und wird zwei Tage später auf dem Städtischen Friedhof Bayreuth beigesetzt.

Erzählungen aus dem Biedermeier

Biedermeier - das klingt in heutigen Ohren nach langweiligem Spießertum, nach geschmacklosen rosa Teetässchen in Wohnzimmern, die aussehen wie Puppenstuben und in denen es irgendwie nach »Omma« riecht.

Zu Recht. Aber nicht nur.

Biedermeier ist auch die Zeit einer zarten Literatur der Flucht ins Idyll, des Rückzuges ins private Glück und der Tugenden. Die Menschen im Europa nach Napoleon hatten die Nase voll von großen neuen Ideen, das aufstrebende Bürgertum forderte und entwickelte eine eigene Kunst und Kultur für sich, die unabhängig von feudaler Großmannssucht bestehen sollte.

Georg Büchner Lenz **Karl Gutzkow** Wally, die Zweiflerin **Annette von Droste-Hülshoff** Die Judenbuche **Friedrich Hebbel** Matteo **Jeremias Gotthelf** Elsi, die seltsame Magd **Georg Weerth** Fragment eines Romans **Franz Grillparzer** Der arme Spielmann **Eduard Mörike** Mozart auf der Reise nach Prag **Berthold Auerbach** Der Viereckig oder die amerikanische Kiste

ISBN 978-3-8430-1884-5, 444 Seiten, 29,80 €

Erzählungen aus dem Biedermeier II

Annette von Droste-Hülshoff Ledwina **Franz Grillparzer** Das Kloster bei Sendomir **Friedrich Hebbel** Schnock **Eduard Mörike** Der Schatz **Georg Weerth** Leben und Taten des berühmten Ritters Schnapphahnski **Jeremias Gotthelf** Das Erdbeerimareili **Berthold Auerbach** Lucifer

ISBN 978-3-8430-1885-2, 440 Seiten, 29,80 €

Erzählungen aus dem Biedermeier III

Eduard Mörike Lucie Gelmeroth **Annette von Droste-Hülshoff** Westfälische Schilderungen **Annette von Droste-Hülshoff** Bei uns zulande auf dem Lande **Berthold Auerbach** Brosi und Moni **Jeremias Gotthelf** Die schwarze Spinne **Friedrich Hebbel** Anna **Friedrich Hebbel** Die Kuh **Jeremias Gotthelf** Barthli der Korber **Berthold Auerbach** Barfüßele

ISBN 978-3-8430-1886-9, 452 Seiten, 29,80 €